劇文庫

ニール・サイモン

I

おかしな二人

酒井洋子訳

NEIL SIMON

早川書房

5941

THE ODD COUPLE

by

Neil Simon

Translated by
Yoko Sakai
Published 2006 in Japan by
HAYAKAWA PUBLISHING, INC.
This book is published in Japan by
direct arrangement with
INTERNATIONAL AUTHORS SOCIETY.

目次

ニール・サイモンⅠ

おかしな二人

おかしな二人

登場人物

スピード
マレー
ロイ
ヴィニー
（ポーカー仲間）

オスカー・マディソン（四十三歳のスポーツ記者）
フィリックス・アンガー（四十四歳のニュース記者）
グウェンドリン・ピジョン
セシリー・ピジョン
（英国人の姉妹）

ニューヨーク市リヴァーサイド・ドライヴのあるアパート

第一幕　ある蒸し暑い夏の夜

第二幕
　第一場　二週間後、夜の十一時頃
　第二場　二、三日後。八時頃

第三幕　翌日の夜七時半頃

第一幕

時……ある蒸し暑い夏の夜。

所はオスカー・マディソンのアパート。ニューヨーク八十丁目台後半のリヴァーサイドにある、八つも部屋数のある大きなアパートの一室。建物はおよそ築三十五年。過去の荘重さをしのばせる雰囲気がある。天井は高く、ウォークイン・クロゼットがあり壁は厚い。幕開くと、舞台はリビング。ここからキッチン、ベッドルーム数室、バスルーム、他の部屋につながる廊下への出入り口が見える。内装も家具もとても趣味がよいが、部屋自体はここ数カ月、女手が加わってないとみえて、きわめてだらしない。汚れた皿、脱ぎ散らかした服、古新聞、空き壜、飲み残しの入ったグラス、洗濯物の包み、手紙の束などいたる所にあり、てんでんばらばらの家具があちこちに置かれている。この部屋でただ一つまともなものといえば、ここ十二階の高い窓を通して観られる美しいニュージャージーの丘陵である。三カ月前、ここは美しい部屋だったのだ。

幕開くと……部屋は煙草の煙で満ちている。ポーカーがたけなわ。テーブルのまわりには六つの椅子があるが、坐っている男の数は四人。マレー、ロイ、スピード、ヴィニーである。ヴィニーは仲間のうちでいちばん多くのチップを自分の前に積みあげ、いらいらと神経質に片足を貧乏ゆすりし、始終腕時計に眼をやっている。ロイはスピードを見守っている。スピードはマレーを物言いたげに、かつ喰い入るように見守っている。マレーが親。マレー、ゆっくりもったいぶってカードを配ろうとしている。もたもたして不器用な手さばき。スピード、うんざりして頭を振る。以上アドリブなしの黙劇。

スピード　（頬杖をつきマレーを見て）……ポーカーは初めてですか？　マーベリックの旦那（テレビドラマのギャンブラー）。

マレー　（まるで無視して）機械のようにゃいくかい。（依然ゆっくりとカードを配って）

ロイ　チェッ、くせえな——ここは。

ヴィニー　（自分の時計を見て）何時だい今？
スピード　またか！
ヴィニー　（愚痴っぽく）おれのはおくれてるんだよ。正確には今、何時だい？
スピード　（ヴィニーをにらみつけて）九十五ドルも勝ちやがって。九十五時だよ……
　逃げる手はねえだろ。
ヴィニー　逃げる？　時間を訊いただけだろ。誰が逃げるよ。
ロイ　（自分の時計を見て）十時半。

　　間。マレー、カードを切りつづける。

ヴィニー　（間）十二時には行かなきゃ。
スピード　（やりきれんとばかりに天井を見上げて）ああ、やりきれねえ！
ヴィニー　初めに言ったろ、十二時にはここを出るって。マレー、おれ、言ったよな？
　十二時にはやめるって。
スピード　わかったよ。話しかけんな、配ってんだから。（マレーに）マレー、すこし
　休むか、ええ、いい子だから。

マレー　速くやりゃ、間違えるぞ、ガタガタ言うな。

またしてもゆっくり配りはじめる。スピードは葉巻きを不機嫌にふかす。

ロイ　おい、たのむわ、ニュージャージーに向けてふかしてくれ！

スピードはロイに煙を吐きかける。

マレー　おい一体どうなってんだ、フィリックスは。（空席を指しながら）こんなにおくれたこたないぞ。誰か電話してみろよ。（奥にどなって）オイ、オスカー、フィリックスに電話しろよ。

ロイ　（煙草の煙幕を払いながら）なあ、みんなで三ドルずつ出しあって、もひとつ窓を買おうぜ。よくもまあこんな所で息がつけるな！

マレー　何枚行った？　四枚か？

スピード　ああマレー、全員四枚だ。もう一枚くれたら五枚、もう二枚くれたら六枚。のみこめたかな。

ロイ　（奥へどなって）おい、オスカー、どうするんだ？　やるのか、やらないのか？

奥よりオスカーの声。

オスカー　やらない、やらないよー。

スピードがオープンして他の者、賭ける。

ヴィニー　女房におそくとも一時には帰るって言ったんだ。朝八時の飛行機でフロリダに発たなきゃなんない。初めにそう言ったろ。

スピード　泣くな、ヴィニー、四十二だろ、みっともねえ。二枚くれ……（カードを棄てる）

ロイ　やっこさん、どうしてクーラー直さないんだろう。焦熱地獄だ、おりた。

ロイ、窓に歩みより外を見る。

マレー　七月にフロリダに行くかねえ……。
ヴィニー　シーズンオフで混んでないし、ホテル代だって十分の一だぜ。いらない……。
スピード　豪華なバカンスだ。ガラ空きのホテルに安上がりなやつが六人！
マレー　親は四枚……と。おい、まさか、フィリックス病気じゃないだろな。（空席を指し示す）こんなにおくれるなんておかしいぜ。
ロイ　（アームチェアから洗濯物袋を取り上げて坐り）おい、先週と同じゴミだぜ。ハハン、読めてきた。
マレー　（カードを放り出して）おりた……。
スピード　（手札を見せて）ツー・キング。
ヴィニー　ストレート……（同じく見せながら賭け分を取る）
マレー　おい、フィリックスのやつ、また会社の便所に閉じこめられたんじゃないだろな。知ってるかい、やっこさん一晩じゅう閉じこめられてトイレットペーパーに長々と遺言書きやがったの……ヒーッ、ドジなやつ！

ヴィニーはチップをもてあそんでいる。

スピード　（カードを切りながら彼をにらみつける）いじるなよ。な、たのむからチップいじらないでくれ。
ヴィニー　（スピードに）いじってんじゃない。数えてんだ。うるさいなあ。どうしてそういちいちからむんだ、ええ？　一体おれがどれだけ勝った？　十五ドルだぜ。
スピード　十五？　もっとポッケに入れたろ。

スピードはドロー・ポーカー用にカードを配る。

マレー　（奥にどなる）おい、オスカーやるのかい？
オスカー　（ビール、サンドイッチ、ピーナッツ、プレッツェル、フリトスなどののったトレイを持って登場）やる、やる！　さあやってくれ！　配ってくれ！

オスカー・マディソンは四十三歳、明るく魅力的な男である。人生をたっぷり愉しんでいるといった感じ。週一回のポーカーゲーム、友だち、酒、葉巻きが大好物。さらに幸せなことにニューヨーク・ポスト紙のスポーツ記者という仕事も愉しんでいる。彼の無頓着ぶりはこの家の汚なさに表われているが、それも周囲の者を悩ましているだけで本人はいっこう気にしてない。オスカーが心配や心づかいのない男だというのではない。ただそんなものとは無縁に見える男なのである。

ヴィニー　見なくていいのか？
オスカー　（サイドテーブルにトレイを置いて）いいさ、どっちみちおれのはブラフだ。（コーラを抜きながら）コーラ？
マレー　くれよ。
オスカー　戦友、マレー警部殿にホットコーラを。（コーラを手渡す）
ロイ　（カードをひらいて）まだ冷蔵庫直さないのか？　もう二週間だろ、道理でここまでくさいわけだ。
オスカー　（自分のカードを取って）クソッ、ガタガタ言われるぐらいならおれはカミさんとヨリ戻すよ……（カードを投げ出して）おりた……誰か喰物いるか？
マレー　何だ？
オスカー　（パンの中身をのぞいてみて）ブラウン・サンドとグリーン・サンド……どうする？

マレー　グリーン？
オスカー　できたてのチーズか古ーい肉。
マレー　じゃ、ブラウン。

　　オスカー、マレーにサンドイッチを渡す。

ロイ　（マレーをにらみつけて）正気か？　まさか、それ喰おうってんじゃないだろな。
マレー　腹へってんだよ。
ロイ　ここの冷蔵庫は二週間もこわれっぱなし。壜から出たミルクが壜の形のまんま腐ってオッ立ってんだぞ。
オスカー　（ロイに）何だよ、健康オタクか？　喰えよ、マレー、喰え。
ロイ　六枚来てる……。
スピード　……エースが三枚。お流れ。

　　全員カードを投げ出す。スピードがカードを切りはじめる。

ヴィニー　うまいサンドイッチ作るの誰だと思う？　フィリックスだよ。ぶどうパンの上にクリームチーズとくるみ。あいつのサンドイッチは天下一品だ。

スピード　（ヴィニーに）わかったよ。どっちかにしな、ポーカーかお食事か。

オスカー、缶入りビールを開ける。パーッと泡が出て、男たちとテーブルの上にひっかかる。全員口々にどなり合いながら立つ。オスカー、泡の吹き出ている缶をロイに手渡しこぼれたビールを椅子の下に払う。男たちまた着席するが、オスカー二つめの缶ビールを開けてまた泡が吹き出し全員にかかり大騒ぎ。オスカー、背の高いランプにかかっているタオルを取ってビールをふきとる。そして平然とビール、つまみの袋を男たちに渡す。やがて全員席に着く。オスカー、椅子の背にかかっているロイのジャケットで手をふく。

おい、ヴィニー、オスカーに何時に帰るかおしえてやれ。

ヴィニー　（よく仕こまれた犬のように）十二時。

スピード　（他に向かって）聞いたか？　十分後にまた言うぞ。さあやろ、ファイブ・カード・スタッド……。

　　カードを配り、一同がカードを求めるアドリブが一わたりあって、最後にマレーがカードをもらう。

……警官にはズドンと一発。……さあ、いいよ、マレー、おまえだ。（返答なし）どうするんだよ、ええ？

オスカー　（酒壜の並んだバーテーブルで飲み物を用意しながら）警部殿をどなるなよ。

マレー　（コインを入れて）二十五セント。

オスカー　（マレーの眼を見つめて誇らしげに）おみごと、おみごと……。（坐ってピーナッツの缶を開けはじめる）

ロイ　おい、オスカー、せめて半年ごとに新しいポテトチップを買ったらどうだ。よくもまあこんな生活ができるな。家政婦やとえよ。

オスカー　（首を振って）女房と子供が出てったとたん辞めやがった。仕事がずんとふえたんだとよ……（テーブルの上を見て）誰だい二十五セント入れてねえの？

マレー　おまえだよ。

オスカー　（金を入れて）でかい口をたたくな、マレー。罰だ、おれに二十ドル貸せ。

スピードはもうひとまわり配る。

マレー　十分前に二十ドル貸したろ。

全員、かける。

オスカー　二十分前に十ドルだ。勘定の仕方を習え。
マレー　おまえこそポーカーのやり方を習え。他のやつから借りな。勝つそばから持ってかれちゃう。
ロイ　（オスカーに）みんなに借金してんだぞ。金がないんならやめろ。
オスカー　……そうかい、わかったよ、そっちがそうならこっちもこうだ。食事代六ドル払ってもらおうじゃねえか。
スピード　（もうひとまわり配りながら）食事代？　ビールの熱燗におまえが学生時代に喰い残したサンドイッチがお食事か？

オスカー　ポーカーにトマトの肉づめでも出せってのか？　マレー、二十ドル貸してくれ。いやだってんなら、おまえのカミさんに「今、旦那はセントラルパークでスカートはいてオカマやってる」って電話するぞ。

マレー　そんなに欲しけりゃフィリックスにたのめよ。

オスカー　いないじゃないか。

マレー　おれだってさ。

ロイ　（金を渡しながら）うるせえな。ほれ、帳簿につけとくぞ。

オスカー　帳簿、帳簿って、ちったあ商売ッけをはなれろ。（金を受け取る）

マレー　いつフィリックスに電話するんだ？

オスカー　いつポーカーを始めるんだ？

マレー　おまえ心配じゃないのか？　あいつがゲームに出てこないなんてここ二年で初めてなんだぞ。

オスカー　連続出場の最高記録は一九三九年ルウ・ゲーリッグが樹立した十五年……する、する、電話するよ！

ロイ　どうしてこう尻が重いのかねえ。

電話のベルが鳴る。

オスカー　(手持ちのカードを投げ出して) 言ってくださいい何とでも、どうせわたしはヘンなのよ……。(電話の方へ)

スピード　六のペア……。

ヴィニー　二のスリーカード……。

スピード　(がっくりして両手をあげ) ああ頭に来た、史上最悪の週だ。一週間分一ぺんに頭に来た。

オスカー、電話を取る。

オスカー　もしもし、こちらオスカー、ポーカープレーヤー！

ヴィニー　(オスカーに) 女房なら十二時にはここを出るって言ってくれ。

スピード　(ヴィニーに) もう一度その腕時計見てみろ、ツラにピーナッツぶちまけてやる。……(ロイに) カード配れよ。

ゲームはオスカーの電話中も続く。ロイはスタッド用に配っている。

オスカー　（電話に）誰？　誰をですか？　ええ？　おぼうさん？　おぼうさん、どの？……いいや、おぼうさんなんかいませんが……ああ、おとうさん！　（他に向かって）大変だ！　息子だ。（受話器に戻って今度はたっぷり愛情をこめて）ブルーシーかい、もしもし、パパだよん！　（他のプレーヤーたちからざわざわとアドリブが聞こえてくる。オスカー、彼らに）おい、たのむ、ちょっと、待ってくれ、な？　おれの可愛い五つの息子がカリフォルニアから電話してきてんだ。長距離で高くつくだろうに。（電話に戻って）元気か？……うん、手紙はちゃんと受け取ったよ。三週間かかったよ……。今度書く時はママに言ってちゃんと切手をもらいなさい……わかってるよ、でも切手の絵を描いてもだめなんだよ……（笑って、男たちに）聞いたか？

スピード　聞いてる、聞いてる、ぞくぞくしながら聞いてるよ。

オスカー　（受話器に）何、何……どの金魚？……ああ、おまえの部屋の！　ああもちろん、もちろんだよ、ちゃんと世話してるよ……（受話器を胸にあてて）どうしよう、息子の金魚殺しちゃった！　（電話に戻って）うん、毎日餌やってるよ。

ロイ　殺し屋！
オスカー　うんうん、ママとかわってくれ、エッうん、病気するなよ。
ヴィニー　（スタッド向けに配りはじめながら）一ドルだ。
スピード　（オスカーに）やるんなら一ドルいるんだが。あるか？
オスカー　このご婦人と話をしてからな。（受話器に、元気を装って）もしもしブランチ、元気かい？……う、うんわかってるよ……小切手が一週間おくれてることだろう。四週間？　そんなはずないだろ？　だってそんなはずないよ……ブランチ、おれは小切手切るたびちゃんと記録をとっとくんだから。三週間おくれてるだけだよ！……おれはおれなりに最善をつくしてるんだ……ブランチ、警察に訴えるなんて……そんなおどしたって……おれの給料で慰謝料払ってちゃ、四人の方がまだ収入があるってもんだ！……ブランチ、子供の前でサラリーを差し押さえるなんて……切ってくれ、じゃあ！　（電話を切る、他に向かって）慰謝料八百ドルもたまってるんだ、賭け金あげようぜ。……（ポーカーテーブルから飲み物を取りあげる）
ロイ　本気だよ。
オスカー　何が？
ロイ　豚箱。子供の養育拒否。

オスカー　まさか。あいつは週に一度、おれを怒らせないと気がすまないんだ。（バーテーブルに歩みよって）

マレー　気にならないかね？　豚箱行きだぜ？　おまけに子供たちは喰物もロクスッポねえっていうのに。

オスカー　マレー……おれのガキの喰い残しでポーランドは一年はもつぞ……さあ、やろうぜ。（飲み物を注ぐ）

ロイ　大体こんなトラブルを起こすなんて。なんにも仕切れないんだから。そっちはそれでよくっても、こっちはおまえの会計士だぞ。

オスカー　（テーブルに歩みよって）おまえがおれの会計士なら、じゃどうしておれは金がないんだ？

ロイ　金がないなら、なぜポーカーなんかやる？

オスカー　金がいるからさ。

ロイ　負けてばかりいるじゃないか。

オスカー　だから金がいるんだよ！……いいか、おれが愚痴ってるんじゃないぜ、おまえが愚痴ってるんだからな。おれはおれなりにやっているんだ。ちゃーんと生きている。

ロイ　一人でか？　この汚ない部屋でか？
オスカー　今夜勝てば、ほうきを買うよ。

マレー、スピードはヴィニーからチップを買う。マレーはドロー・ポーカー用にカードを切る。

ロイ　ほうきじゃない。カミさんがいるんだよ。
オスカー　ほうきも買えねえでどうして女房が買える？
ロイ　じゃ、どうしてポーカーなんかやるんだ。
オスカー　（グラスを下に置き、ロイに飛びかかる。二人はポテトチップの袋を争う。袋が破れてポテトチップがみんなの頭上に降りかかる。全員口々にわめきだす）だったらおれの家へ来ておれのポテトチップを喰うな！
マレー　ガナリあうのはよせ。ポーカーってのは仲良くやるもんだ。
スピード　やっちゃいねえ、八時からずっとこうしてしゃべってるだけじゃねえか。
ヴィニー　七時からだよ。だからおれは十二時にはやめると言ったんだ。
スピード　口に腐りバナナ突っ込むぞ。

マレー　（調停人のつもりで）わかった、わかった、みんな落ちつけ……静かに……おれは警官だ……な。オマエたちをパクルこともできるんだぞ。（カードを配り終える）四と……。

オスカー　（席について）マレー警部の言うとおりだ。おとなしくゲームをやろうぜ。カードをはっきりあげて見せてくれ、どいつをマークしといたかわからねえ。

マレー　ボーイスカウトのガキよりひでえ。

オスカー　なあロイ、おれのことまだ愛しているだろ、なッ、そうだろ？

ロイ　（ふくれたまま）ああ、ああ。

オスカー　それじゃだめだ。さあ、言ってくれ、このポーカー仲間全員の前で言うんだ。「オスカー・マディソン、私はあなたを愛している」。

ロイ　すぐこれだ、たまには真面目になれよ、借金してるんだぜ、奥さんに対して、政府に対して、われわれ友人に対して。

オスカー　（カードを投げすてて）ロイ、おれに一体どうしろってんだ、ディスポーザーに飛びこんで、粉々にすりつぶされて死ねってのか？　（電話が鳴る。オスカー立って行く）人生ってのはな、おれたちみたいに、離婚して破産した不精者にもあるんだよ。（電話に）もしもし？　こちら離婚して破産した不精……えッ、もしもし、あなたでしたか。（突然そっと囁くようになり、電話をわきに寄せ、声をひそめ、しかもまわりに聞こえるように話しだす。全員振り向いて聞き耳を立てる）ゲーム中に電話しないようにって言ったろう……今話せないんだ……わかるだろ、ダーリン……いいよ、ちょっと待って。（オスカー、振り向いて）マレー、カミさんだ。（テーブルの上に受話器を置いてソファに坐る）

マレー　（電話に歩みよりながら辟易《へきえき》したかに首を振って）おまえが女房とほんとに怪しけりゃいいと思うよ。……そしたら、年がら年じゅうおれをわずらわしたりはしないだろうにさ。（電話を取って）もしもし、ミミ、どうした？

スピードは立ち上がり、伸びをし、バスルームに入る。

オスカー　（女の声で、ミミの物真似）何時に帰るの？　（次はマレーを真似て）わからないよ、大体、十二時、十二時半かな。

マレー　（電話に）わからないよ、大体十二時、十二時半かな！　（ロイ、立ち上がり伸びをする）何？　何が欲しいって、ミミ？……コンビーフ・サンドにストロベリー・シェーク！

オスカー　またデキたのか？
マレー　（電話を胸に押しつけたまま）もともとデブなのッ！

　水を流す音。スピードが出てきた後、ヴィニーが入っていく。

何？……どうして聞こえたんだろ、胸に押しつけといたのに？……誰？……フィリックス？……いいや、今夜は来ないよ……どうかしたのか？……まさかッ！……知るわけないだろ？……よし、よしわかった。じゃ……（水を流す音。ヴィニーが出てきた後ロイが入っていく）じゃおやすみ、……ミミ……おやすみ。（受話器を置く。他に向かって）そーら、言わんこっちゃない。思ったとおりだ！
スピード　どうしたんだ？
マレー　（カウチの奥を行ったり来たりしながら）フィリックスが行方不明だ！
オスカー　誰が？
マレー　フィリックス。フィリックス・アンガーだよ。毎週この椅子に坐って灰皿をきれいにする男。何かあったにちがいないって言ったろうが！
スピード　（テーブルのところで）行方不明ってどういうこと？

マレー　今日は会社にも行かなかった。今晩家へも帰ってきてない、誰も彼の行方を知らないんだ。ミミがあいつのカミサンに電話してわかった。
ヴィニー　（ポーカーテーブルの椅子に坐って）フィリックスが？
マレー　みんなで八方手をつくして捜したんだ……いいか、彼は行方不明になったんだぞ。
オスカー　ちょっと待った。たった一日じゃ行方不明とは決まらないぜ。
ヴィニー　そのとおり。四十八時間たっても見つからないなら行方不明なんだ。どうせどっかで迷子になってるんだよ。
マレー　迷子になるわけないだろう？　やつは四十四歳、住所はウェストエンド・アヴェニュー。おまえどうかしてるよ。
ロイ　（アームチェアに坐って）事故にでもあったのかもしれない。
オスカー　なら、報せが入りそうなもんだ。
ロイ　溝にでもはまっているんじゃないか。身元不明でさ。
オスカー　九十二枚もクレジット・カード持っててか。やつの身に何かあったら、アメリカじゅうにパッと灯がつかァ。
ヴィニー　映画じゃないのか。最近の映画は長いぞ。

スピード　（ヴィニーを軽蔑したように見て）七月にフロリダへ行くわけだ！　アホか！

ロイ　追いはぎにあったんじゃないだろうか？

オスカー　三十六時間もか？　金なんぞ持ってるものか。

ロイ　洋服取られたのかもしれないだろ。医者のところで服をかっぱらわれたやつだっていいるんだぜ。看護婦の白衣を着て帰ったってよ。

オスカー、カウチからクッションを取りあげてロイに投げる。

スピード　マレー、おまえは警官だ。どう思う？

マレー　こいつはちょっとばかし重大事件だぞ。

スピード　どうしてわかる？

マレー　カンだよ。

スピード　（他に）聞いたか？　すげえな。

ロイ　酔っ払ってるのかもしれないぞ。酒やるか？

オスカー　フィリックス？　乱痴気さわぎの大晦日にホットミルク飲むってやつだぞ。

る）

スピード　……何クイズごっこしてんだよ？　カミさんに、電話するよ。（電話を取りあげ

知らないってことにゃならない。女いるか？

スピード　待った！　はやまるな！　おれたちがやつの居所を知らないからって、誰も

ヴィニー　何だって？

スピード　女だよ、女。ちょっと仕事が早目に終わった時なんかさ……。

マレー　フィリックスが？　遊ぶって？　冗談じゃないよ。あんなカタブツが！

スピード　（立ち上がってマレーの方に歩みより）じゃあおまえは見ただけで女のいる

やつといないやつとがわかるのか？

マレー　（スピードに近づいていき）おう、わかるとも。

スピード　よーしッ。じゃおれには女がいるかいないか？

マレー　いないね。女なんかいないよ。おまえにあるものはおれにだってあるものだ。

あったらなあと思うものと実際あるものとはこりゃ全然別個の文明だ！……オスカ

ーならいるかもしれんがね。

スピード　そりゃ違う。彼は離婚したんだから。女がいるってことにゃならんだろ。ど

んなのがいたってそりゃ女とは呼ばない。（テーブルに歩みよる）

オスカー　（ダイヤルをまわしながら両方に）よせよ、もう。ポーカー仲間が行方不明だ、ちっとは事情を調べなきゃなるまい。
ヴィニー　そういえば、この二、三週間虫の居所が悪いようだったな。（スピードに）そう思わなかったか？
スピード　いや、おれはまた、おまえがそうかと思ってた。（舞台、下手前に来て）
オスカー　（電話で）もしもし？……フランシス？　オスカーだ。今聞いたばかりだ。
ロイ　心配しないように言え。取り乱してるだろ。
マレー　そう、女だからなあ。（カウチに腰をおろす）
オスカー　（電話で）いいかい、フランシス、いちばん大事なことは心配しないことだ……ああ！　（男たちに）心配してないとよ。
マレー　そりゃそうだろ。
オスカー　（電話に）フランシス、どこにいるか見当つかないかなあ？……彼が何だって？……まさか？……なぜ？……いいや、知らなかった……いやーそいつは気の毒に……わかったよ、いいかい、フランシス、とにかく家にじっとしてなさい、何かあったらすぐ連絡するから……そーッ……じゃまた。

オスカー、電話を切る。全員期待して彼が口を切るのを待つ。オスカー黙って立ち上がり、考えこんだままテーブルに歩みよる。全員彼を見つめているが我慢ならなくなって。

マレー　話してくれるのか、探偵をやとえってのか！

オスカー　別れたと！

ロイ　誰が？

オスカー　フィリックスとフランシス！　別れたんだよ！　結婚生活が終わっちゃったんだ。

ヴィニー　まさかあ！

ロイ　うそッ。

スピード　十二年間も一緒だったろ？

オスカーがテーブルにつく。

ヴィニー　仲がよかったのになー。

マレー　十二年間一緒だからって仲よかったとはいえん、長かったというだけのことだ。
スピード　でもさあ、フィリックスとフランシスだぜ。
ロイ　驚くことはないじゃないか？　金曜っていうと、そこに坐ってよく夫婦喧嘩の話をしてたよ。
スピード　知ってるよ。でもフィリックスの言うことなんか。
ヴィニー　一体どういうこと？
オスカー　カミさんが別れたがってる、それだけのことさ。
マレー　めちゃめちゃになるぞ。フィリックスのことだ、きっと何かしでかす。
スピード　口をひらけば〝ぼくの美しい妻、ぼくの素晴らしい妻〟だもんな。一体どういうことなんだろう。
オスカー　その、美しい、素晴らしい妻が彼に我慢ならない。そういうことなんだよ。
マレー　自殺するぞ。みんな、よく聞け。やつはどっか行って自殺する！
スピード　（マレーに）ちょっと黙れよ、マレー？　二分間でいいからその警官面《おまわりづら》をやめてくれ。（オスカーに）どこ行くと思う、オスカー？
オスカー　どっかへ死にに行ったんだろ。
マレー　ホラそう言ったろう？

ロイ　（オスカーに）本気でそう思ってるのか？
オスカー　そうカミさんが言うんだからな。死ぬんだって言って出て行ったんだそうだ。家じゃあ子供が起きるからって。
ヴィニー　なぜ？
オスカー　なぜ？　それがフィリックスなんだよ、だからだよ。（バーテーブルに行き飲み物を満たす）あいつがどんなやつか知ってるだろが。あいつは窓枠の上に寝て「愛してくれ、でなきゃ飛び降りる」ってやつだ……ド変人なんだ、だからだよ。
マレー　そのとおりだ。それに似たようなことを軍隊時代にやったの知ってるか？　婚約破棄されそうになったら口の中にピストル突っ込んでぺろぺろ磨きだしたんだとよ。
スピード　まさか。ただの話だよ、フィリックスのはみな作り話だ。
ヴィニー　（心配になって）しかし、ほんとにそう言ったのか？　「おれは自殺するんだ」って？
オスカー　（テーブルのまわりを歩いて）実際何て言ったかは知らねえ。カミさんが読んでくれたわけじゃないから。
ロイ　じゃ、書き置きを残したのか？

オスカー　いや、電報さ。
マレー　書き置き電報？……電報で書き置きなんてするやつがいるのかねえ？
オスカー　フィリックス、あのド変人だよ！……受け取る身にもなってみな？　カミさん、配達人に二十五セントチップをはずまなきゃならなかったんだぜ。
ロイ　どうもわからん。ほんとに死ぬ気なら、どうして電報なんか打つんだろ？
オスカー　あいつの計算が読めないのかよ？　手紙にしたら、カミさんは月曜まで受け取らないかもしれない、そしたら死んでなかった時の言い訳に困るだろうが。こうすりゃ、たった一ドル十セントの出費で、救出に来てもらえるってわけだ。
ヴィニー　じゃあ、ヤッコさん本当に死ぬ気はなく同情が欲しいだけってことか。
オスカー　葬式っていうと張り切って出かけ、あたりかまわず大声で泣きわめくって男だぜ。
マレー　そうだった。
オスカー　そうさ……。
マレー　こんな事件はざらだね。やつらが本当に欲しいのは世間の注目なんだ。毎週土曜っていうときまってジョージ・ワシントン橋から警察に電話をかけてくる男がいるんだ。

ロイ　そうかなあ、精神の錯乱した男が何をしでかすかわかったもんじゃないだろ。
マレー　いやーッ。十中八、九、飛び降りゃせんよ。
ロイ　十回めは？
マレー　飛び降りる。そうだッ！　可能性はあるんだ。
オスカー　ないよ、フィリックスに限ってないね。自殺するほどの肝っ玉はない。ドライブイン・シアターの止まった車の中でもシートベルトしてるってやつだ。
ヴィニー　おれたちもどこか当たってみようぜ。
スピード　どこをだよ？　そのどこかがわからないんじゃないか。

ドアベルが鳴る。全員オスカーを見る。

オスカー　そらおいでなすった！……自殺するのに最も安全な場所はどこか？……友だちのいるところだ！

ヴィニーがドアに行こうとする。

マレー　（押しとどめて）待て！　錯乱状態かもしれない。落ちつけ、なにげなくやろう。おれたちが落ちついていれば、やつも落ちつくだろう。

ロイ　（立ち上がってみんなと一緒になって）そうだ。死のうとしてるやつには静かにやさしく話しかけるんだ。

スピード、彼らに走りよって、白熱した論議に加わる。

ヴィニー　何て言うんだい？

マレー　何にも言うんじゃない、何にも聞かなかったことにするんだ。

オスカー　（みんなの注意を求めて）話し合いはついたか？　もう外で首つってるかもしれねえだろ。（ヴィニーに）ヴィニー、ドア開けろ！

マレー　いいか！　おれたちは何にも知らないんだぞ。

全員、席に駆け戻って自分のカードを取りあげ、異常なまでに緊迫した集中ぶりを示す。ヴィニーがドアを開ける。フィリックス・アンガーが立っている。四十四歳位。そのままで寝たのか衣服はしわになり、ひげものびている。

さりげなく振舞おうとしているが何となく緊張してそわそわしている。

フィリックス　（低く）ヨーッ、ヴィン！　（ヴィニー急いで席に戻り自分の持ち札を調べる。フィリックスはポケットに手を突っ込んだまま、無心を装っている。つとめて平静に）やあ、みんな。（全員、もごもごと〝やあ〟とか〝おう〟と言うが彼の顔を見ない。フィリックスはコートを手すりにかけテーブルに歩みよる）どうだいゲームは？　（全員、適当な返答をこもごもに言いながらゲームを続ける。カードをにらみすえて）結構！　結構！……おくれてすまなかった。（フィリックスは誰も何とも言ってくれないので失望し、サンドイッチをつまむが、げっとなって皿に戻す。ぼやーっとまわりを見まわす）コーラないかな？

オスカー　（札から眼を上げて）コーラ？……うーん、ないと思うよ……セヴンナップならあるが……。

フィリックス　（勇をふるって）だめだ……コーラが欲しかったんだ。セヴンナップじゃだめだ……今夜は！　（ゲームをそばで見守る）

オスカー　いくらだ？

スピード　二十五セント……マレーの番だ……マレー、どうする？　（マレーはフィリックスを見つめていた）マレー！……マレー！
ロイ　（ヴィニーに）つついてみろ。
ヴィニー　（マレーの肩を叩いて）マレー！
マレー　（飛び上がって）何だ？　何だ？
スピード　おまえの番だよ。
マレー　どうしていつもおれの番なんだ？
スピード　いつもおまえの番じゃない。今おまえの番なんだ。どうするんだ。
マレー　やる、やるよ。（二十五セントを入れる）
フィリックス　（本棚に歩いていって）ぼくに電話あった？
オスカー　う、——いや、おれの知る限りではないね。（他に向かって）フィリックスに電話あったか？　（みな肩をすくめて、いいや、といったアドリブ）どうして？　電話待ってたのか？
フィリックス　（本棚の本を見つめたままで）いや！……いや……ただ訊いてみただけだ。（本を取って中を見る）
ロイ　じゃ、マレーに合わせて一ドル。
フィリックス　誰かから電話があったかもしれないと思って……。

スピード　おれは一ドル二十五セント出せばいいんだな。
オスカー　そう！
フィリックス　（本を見たままで……歌うように）でも……誰も電話してこないんなら誰も電話してこなかったんだ。（本をピシャリと閉じて元の場所に戻す。その音に全員、飛び上がる）
スピード　（そわそわしだして）おれいくら出せばいいんだったっけ？
マレー　（怒って）一ドル二十五！　一ドル二十五！　ちゃんと聞いてろよ、全く！
ロイ　まあ、まあ、落ちつけ、落ちつけよ。
オスカー　みんな落ちつけ。落ちつけ、なッ？
マレー　すまん、ついなあ。（スピードを指さす）いらいらさせるもんだから。
スピード　おれが？　おまえがおれをいらいらさせるんじゃないか、おまえはみんなをいらいらさせるよ。
マレー　（皮肉っぽく）すまないね、悪かった。じゃおれ死ぬよ。
オスカー　マレー！　（フィリックスの方へ頭を振ってみせる）
マレー　（失言に気づいて）ああ、……すまん。

スピードはマレーをにらみつける。一瞬全員無言の間。ヴィニーは、フィリックスが舞台奥の窓から外を眺めているのに気づく。全員にそれとなく合図を送って知らせる。

フィリックス　（窓から彼らに向き直って）いやーッ、ここからの眺めはきれいだねえ……ここ何階だったっけ、十二階？

オスカー　（急いで窓に歩みより閉めて）いいや、たったの十一階だ。十一階。十二階とはいってるが、本当はたった十一階。（そこから今度は他の窓へ行って窓を閉める。フィリックスは彼を見つめている。オスカーは軽く身震いして）寒いなあ。（他に向かって）この部屋寒くないか？　（テーブルに戻る）

ロイ　うん、これでちょうどよくなった。

オスカー　（フィリックスに）坐って、やらないか？　まだ早いぜ。

ヴィニー　そうだよ。誰も急いでないんだし、朝の三時か四時まではやってんだから。

フィリックス　（肩をすぼめて）さあ……あんまりやりたくもない。

オスカー　（席について）ふーん！……そうか……じゃ何がやりたいんだ？

フィリックス　（肩をすぼめて）何か見つけるよ……（隣りの部屋へと歩きだす）ぼく

にはかまわないでくれ。
オスカー　どこ行くんだ？
フィリックス　（ドアのところで立ち止まり振り向く。全員彼を見つめている）便所。
オスカー　（他の男たちを気づかわしげに見て、フィリックスに）一人で？
フィリックス　（うなずいて）いつも一人だ！　どうして？
オスカー　（肩をすぼめて）どうってわけないが……長くかかるか？
フィリックス　（肩をすぼめて、意味ありげに殉教者のごとく）終えるまでな。

バスルームに入っていき後ろ手にドアをバタンと閉める。とたんに全員飛び上がりバスルームのドアに群がって、パニック状態で囁きあう。

マレー　何てことしたんだ？　たった一人で便所に行かせるなんて？
オスカー　じゃ、どうすりゃよかったんだ？
ロイ　止めろよ！　一緒に中に入れ！
オスカー　本当に小便だったらどうする？
マレー　死のうとしたらどうする？　ちょっと決まりわるい思いしたって死ぬよりまし

だろ！
オスカー　便所で死ねるわけねえだろ!?
スピード　死ねるよ。かみそりの刃、薬、何でもあるじゃないか。
オスカー　ガキの便所だぜ。歯を磨いて死ねるかよ！
ロイ　飛び降りたら？
ヴィニー　そうだよ、窓があるだろ？
オスカー　たった二十センチ。
マレー　ガラスを割って手首を切ることだってできるぜ。
オスカー　そうかい、そうかい。イースト・リヴァーに便所の水と一緒に流れ出ることもできるだろうよ。やつには何にもできゃしないよ！　（テーブルの方に歩きながら）
ロイ　（ドアのところに行き）しッ静かに！　聞け！　泣いてるぞ。……（フィリックスの忍び泣きにみな耳をすます）聞いたか？　ヤッコさん泣いてるぜ。
マレー　えらいこった……大変だ、オスカー、何とかしろよ！　何とか言えよ！
オスカー　何て？　便所で泣いてる男に何て言うんだよ？

水を流す音がして、ロイは自分の椅子にくるったように駆け戻る。

ロイ　出てくる！

全員あわててもみ合いながら自分の場所に戻る。マレーとヴィニーは場所を間違え、あわてて入れかわる。フィリックス出てくる。泣いたことなどちっともわからないほど、落ちつきはらっている。

フィリックス　やっぱり帰る。（玄関のドアに向かって歩きだす、オスカー飛び上がる。男たちもつられて飛び上がる）

オスカー　ちょっと待て。

フィリックス　いいんだ！　いいんだ！　きみには話せない、誰にも話せないんだ。

みんな彼につかみかかり階段近くで止めようとする。

マレー　フィリックス、聞いてくれ。おれたちは友だちだ、そんな風に逃げないでくれ。

フィリックス、みんなの手を振りほどこうともがく。

オスカー　フィリックス、坐れ。ちょっとでいい。おれたちに話してくれ。

フィリックス　話すことなんかない。何にも言うことなんかない。もう終わっちゃったんだ、終わりだ、すべて終わったんだ。離してくれ！

彼はみんなから離れて下手のベッドルームに駆けこむ。全員彼を追いかける。

彼はベッドルームから続きのドアを通じてバスルームにころがりこむ。

ロイ　止めろ！　つかまえろ！

フィリックス　（出口を探し求めて）出してくれ！　ここから出してくれ！

オスカー　フィリックス、気でもちがったのか。

フィリックス　ここから出してくれ！

マレー　便所だ！　便所に行かせるな！

フィリックス　（バスルームから追いすがるロイを引きずりながら出てくる。他の連中もあとにぞろぞろと続いて）離してくれ、どうしてみんなぼくのことを放っといてくれないんだ。

オスカー　わかったよ、フィリックス。落ちつけ……それっ！（本棚の上にあった半分水の入ったコップを取ってフィリックスの顔にぶっかける）

フィリックス　これはぼく自身の問題なんだ。自分で処理するんだから、放っといてくれ……おおお……胃が！

ロイの腕の中にたおれこむ。

マレー　胃がどうした？

ヴィニー　青いぜ……見ろこの顔。

みんなで彼を抱えてカウチに運ぶ。

フィリックス　どっこも悪かない。大丈夫だ。何にも飲んだりしない、……誓って……ううっ、胃が。

オスカー　飲んだりしないって……じゃ何を飲んだんだ？
フィリックス　（カウチの上に坐って）何でもない、何でもない。何にも飲まないよ……フランシスには内緒にしてくれ、たのむ！　ううう胃が！
マレー　飲んだんだ！　そら見ろ！　何か飲んだんだ。
オスカー　何だ！　フィリックス？　何を飲んだんだ!?
フィリックス　何でもない！　何にも飲まなかった。
オスカー　薬か？　薬を飲んだのか？
フィリックス　ちがう！　ちがう！
オスカー　（フィリックスをむんずとつかんで）本当のことを言え、フィリックス。薬を飲んだのか？
フィリックス　いや、飲まない、何にも飲まないよ。
マレー　よかった……。薬じゃなかった。

全員、ほっとして安堵の溜息。

フィリックス　ほんの少し。

全員ぎょっとして騒ぎだす。

オスカー　飲んだんだ。
マレー　何錠飲んだ？
オスカー　何の薬だ？
フィリックス　何だか知らない。小さいグリーンの錠剤。彼女の薬箱にあったのをわしづかみにして……どうかしてたんだ。
オスカー　見なかったのか？　何の薬か見なかったのか？
フィリックス　見えなかったんだ。電気がこわれていて。フランシスを呼ばないでくれ。言わないでくれ。ああ、恥ずかしくて、恥ずかしくて。
オスカー　フィリックス、薬――は――いくつ――飲んだんだ？
フィリックス　わからない。おぼえてないんだ。
オスカー　じゃ、フランシスを呼ぶぞ。
フィリックス　（オスカーにしがみついて）だめ、呼ばないで！　電話しないでくれ。もし彼女《あれ》がひと壜全部飲んだなんて知ったら……。

マレー　ひと壜全部？　ひと壜全部？　（ヴィニーに向かって）大変だ、救急車呼べ！

ヴィニーは玄関のドアに駆けよる。

オスカー　（マレーに）何の薬かわかってんのか？
マレー　それがどうした？　ひと壜全部だぜ！
オスカー　ビタミン剤かもしれないだろ。とすりゃこいつはこの部屋でいちばんの健康優良児だろ。落ちつけよ。なッ？
フィリックス　フランシスを呼んじゃだめだ、たのむ、呼ばないって約束してくれ。
マレー　衿をゆるめて、窓開けろ。風に当てろ。
スピード　歩かせなきゃ、眠らしちゃだめだ。

スピードとマレーはフィリックスを立たせその辺を歩かせる。ロイはフィリックスの腕をさする。

ロイ　手首さすって、血の循環をよくしてやれ。

ヴィニー　(バスルームへ湿布を取りに入って)冷湿布だ。首んところに湿布を当ててやれ。

フィリックスをアームチェアに坐らせ、まだぺちゃぺちゃと興奮してしゃべりながら。

オスカー　医者は一人でたくさんだ、他のインターンは黙ってろ!
フィリックス　ぼくは大丈夫。すぐよくなる……(オスカーに急いで)フランシスに電話しなかったろうね、えっ?
マレー　(他に向かって)何をぼさーッと突っ立ってるんだ? 何にもしねえで。おれが医者を呼ぶ。(電話口まで行く)
フィリックス　だめだ! 医者はいらない!
マレー　医者に診せなきゃ。
フィリックス　医者なんか必要ない。
マレー　薬を吐き出さなきゃ。
フィリックス　出しちゃったよ。吐いちゃったよ!……(弱々しく椅子の背によりかかる。マレー、電話をもとに戻す）ルートビアかジンジャーエールないか。

ヴィニーはスピードに湿布を渡す。

ロイ　（ヴィニーに）飲み物やれよ。
オスカー　（フィリックスを怒ったようににらんで）吐いたんだとよ！
ヴィニー　どっちがいいかい、フィリックス、ルートビア？　ジンジャーエール？
スピード　（ヴィニーに）飲み物！　なんでもいいから飲み物をやれってんだ！

ヴィニーはキッチンに走りこむ、スピードはフィリックスの頭に湿布をする。

フィリックス　十二年間。十二年間結婚生活を共にしてきたんだ。ロイ、ぼくたちが十二年間一緒に暮らしてきたの知ってるだろ？
ロイ　（慰めて）ああフィリックス、知ってるとも。
フィリックス　（声を感情でつまらせながら）それなのに今や終わりだ。本当に終わりだ。どうかしてるよね……。

スピード　ただのけんかだったんだよ。今までにだってあったろ、フィリックス。
フィリックス　いや、終わったんだ。明日、彼女は弁護士と会うんだよ……ぼくの従兄……ぼくの従兄をやとうんだ！……（忍び泣く）ぼくは誰にたのめばいいんだ？

ヴィニーはキッチンからルートビアの入ったコップを持って出てくる。

マレー　（肩を叩きながら）大丈夫だよ、フィリックス。さあ、落ちついて。
ヴィニー　（フィリックスにコップを渡して）ほら、ルートビア。
フィリックス　もう大丈夫だ。本当に……泣いてるだけだから。（頭をがっくり落とす。男たちなす術《すべ》なく彼を見守る）
マレー　さあ、みんなで取りかこんで見てないでさ。（スピードとヴィニーを押しやる）終わりにしよッ、なっ？
フィリックス　そう。取りかこんで見てないで、おねがいだ。
オスカー　（みんなに）さあっ、もう大丈夫だ。おひらきにしよう。

マレー、スピード、ロイはチップを全部出し、上着を取って行くばかりとなる。

フィリックス　恥ずかしいと思うよ、どうか、みんな許してくれ。

ヴィニー　（フィリックスにかがみこんで）何言ってんだ。フィリックス、おれたちにはわかってるよ。

フィリックス　このことは誰にも言わないでくれ、ヴィニー、約束してくれ。

ヴィニー　明日フロリダに行っちゃうから。

フィリックス　そうか、よかったな。いい旅行をな。

ヴィニー　ありがとう。

フィリックス　（振り向いて絶望に溜息をついて）この冬にはぼくたちもフロリダへ行くはずだった、（笑うが涙声になる）子供を置いて！……それが今じゃぼくを置いていくんだ。

ヴィニーは上着を取り、オスカーはみんなをドアまで送っていく。

マレー　（ドアのところで立ち止まり）誰か残った方がいいんじゃないか？

オスカー　大丈夫だ、マレー。
マレー　また何かやらかすかもしれないぞ？
オスカー　やらかしゃしないよ。
マレー　どうしてそう言いきれるんだ？
フィリックス　（マレーに向かって）何にもしやしないよ。疲れてへとへとなんだ。
オスカー　（マレーに）聞いたろ？　へとへとなんだと。今夜は忙しかったんだよ……
　おやすみ、諸君……。

　みなサヨナラをアドリブで口々にいい、去る。ドアが閉まるがまたすぐ開いてロイが入ってくる。

ロイ　何かあったら、オスカー、おれを呼んでくれ。

　彼、出ていくが、ドアが閉まりそうになった時また開いて、今度はスピードが入ってくる。

スピード　うちは目と鼻の先。五分もありゃ来られるぜ。

退場、ドアが閉まりかかるとヴィニーが戻る。

ヴィニー　マイアミビーチのメリディアン・ホテルにいる。
オスカー　まっさきにおまえを呼ぶよ、ヴィニー。

ヴィニー出ていく。ドアがいったん閉まりまた開いてマレーが戻ってくる。

マレー　（オスカーに）大丈夫だな？
オスカー　ああ大丈夫だ。
マレー　（オスカーをドアまで手招きしながら大きな声でフィリックスに）おやすみ、フィリックス。よく眠るんだな。朝になればまた事情が変わるさ。（オスカーに、ひそひそと）やつのベルトと靴の紐をはずしとけ。

彼、うなずき出ていく。オスカー、振り向きアームチェアに坐っているフィリックスを見、ゆっくり部屋に戻る。しばらく沈黙。

オスカー　（フィリックスを見て溜息）。オーッ、フィリックス、フィリックス、フィリックス、フィリックス！

フィリックス　（両手で頭を抱えこんだまま。見上げないで）わかってる！　わかってる、わかってる、わかってる！……ぼくはどうしたらいいんだ、オスカー？

オスカー　熱いブラックコーヒーでも飲んで薬を洗い流すんだな……（キッチンに行きかけて、立ち止まり）たったの二分、一人でじっとしてられるか？

フィリックス　いやだ、いやだよ！……ここにいてくれ、オスカー、相手になってくれ。

オスカー　まず熱いブラックコーヒーを一杯飲め。さあ台所に来い。膝に腰かけてやるから。

フィリックス　オスカー、ぼくはね、困ったことに、ぼくは、まだ彼女を愛しているんだ。ひどい結婚だが、でもまだ彼女を愛しているんだ……離婚なんかしたくないよ。

オスカー　（カウチの肘かけに腰かけて）ココアはどうだ？　ココアは好きか？　フィリックス、クッキーをつけて……それともチョコレート・クッキーにするか？

フィリックス　いいよ、そりゃ……ぼくたちはうまくやっていけなかった……でも二人の可愛い子供がいたし……きれいな家もあった……そうだろ、オスカー？

オスカー　ヴァニラ・クッキーはどうだい？……じゃシュガー・クッキーは？　何でもあるぞ。

フィリックス　それ以上一体何が欲しいっていうんだ？　一体女はそれ以上の何が欲しいっていうんだ？

オスカー　一体、おまえは何が欲しいんだよ？　ココアか、コーヒーかお茶か。離婚問題はそれからだ。

フィリックス　こんなことってあるか、くそッ！　こんなことって！　（怒って椅子の腕に拳を叩きつけるが、突然、激痛に悲鳴をあげて首すじをつかむ）おおお！　おおお！　首、首！

オスカー　どうした？　どうした？

フィリックス　（立ち上がって痛みにうろうろする。ねじった首をかばったまま）けいれんだ。ぼくのは首にくるんだ。おおお！　おおおー、痛い。

オスカー　（救いに駆けつけ）どこだ？　どこが痛い？

フィリックス　（アメフトのハーフバックのように片腕を伸ばして）触らないで、触らないで！

オスカー　どこが痛いか見るだけだろ。
フィリックス　じきによくなる。二、三分放っといてくれ。……おお――！　おおお！
オスカー　（カウチに歩みよりながら）横になれ、もんでやるから。
フィリックス　（大仰に身をねじって）きみじゃだめだ。特別のやり方があるんだ。フランシスしかできない。
オスカー　電話してもみに来てもらってやろか？
フィリックス　（叫んで）だめ！　だめだ！……離婚するんだから。もうもんでもくれやしないよ。……緊張なんだ。緊張するとこうなるんだ。きっと緊張してるんだ。
オスカー　そうだろよ。だがどのぐらい続くんだ？
フィリックス　一分の時もあるし、数時間続く時もある……一度など運転していてなっちゃってね……酒屋に飛びこんじゃったよ。……おおお！　おおおおお！　（痛そうにカウチの上に坐る）
オスカー　（後ろにまわって）苦しんでいたいのか、それとも素《そ》っ首をもんでほしいかどっちだ？　（マッサージしはじめる）
フィリックス　そっと！　そおっーと！
オスカー　（叫ぶ）楽に……畜生めッ、楽にしろったら！

フィリックス　（叫び返す）どなるなよ！……（そして静かに）ぼくはどうしたらいいんだろ？　静かに教えてくれ。

オスカー　（首をもみながら）あったかいグニャグニャのゼリーのことでも思ってみな！

フィリックス　ひどいだろ？　できないんだ。リラックスできないんだ。夜だってひとつの姿勢で寝たら一晩じゅうそのまんま……フランシスが言うんだ、ぼくが死んだら墓石に、〝フィリックス・アンガーここに立てり〟って書くって。（めそついて）おお！　おおお！

オスカー　（もむのをやめて）痛いか？

フィリックス　いや、気持ちいい。

オスカー　じゃそう言えよ。嬉しくても悲しくてもおまえのは同じ音だなあ。（またマッサージしだす）

フィリックス　わかってる。わかってるんだ……オスカー、ぼくは気が変なんだな。

オスカー　そう、まあそう言って気分がよくなるっていうのなら……おれもそう思うよ。

フィリックス　本気でそう思うよ。でなきゃこんなにメロメロになるもんか？　ここまで来て、みんなを死ぬほどおどかして。死ぬだなんて、どういうことなんだ？

オスカー　おまえはがたつきやすいんだ。冷静さとは縁遠い野郎だよ。（もむのをやめて）
フィリックス　やめないで。気持ちいいから……。
オスカー　こうカチンカチンじゃ指の方が折れちまうよ……（彼の髪の毛にさわって）見ろ……髪が束になっている世界唯一の男だおまえは。
フィリックス　みっともないんだぼくは。オスカー、すぐ人前で泣いちゃったりね。
オスカー　うつぶせになれ。
　フィリックスはうつぶせになる。オスカーは彼の背中をマッサージしはじめる。
フィリックス　（頭を落とす）ぼくは世間じゅうに自分の悩みをばらしちゃうんだ。
オスカー　（強くもみながら）痛かったら言えよ。なにやってんだか自分でもわからねえ。
フィリックス　みっともいいことじゃないよ、オスカー、こんな所へ駆けこんできて、頭のいかれたやつみたいにさ。

オスカー　（マッサージを終えて）首の具合どうだ？
フィリックス　（首をねじまげて）よくなった。ただ、背中が痛い。
　　フィリックス、起きて歩きまわる。背中をさすりながら。

オスカー　一杯やるといいだろう。（バーテーブルに行きかける）
フィリックス　酒はだめだ。気持ち悪くなるから。でもさすがにゆうべは飲もうとしたね。
フィリックス　どこにも。歩いていたんだ。
オスカー　（バーテーブルのそばで）ゆうべはどこにいた？
フィリックス　夜通し。
オスカー　夜通し？
オスカー　雨の中？
フィリックス　いや、ホテルの部屋の中。眠れなかったんだ。部屋の中を一晩じゅう歩いていた……タイムズ・スクエアの近く。汚ない、気のめいりそうな部屋でさ。窓から外をじっと眺めていたらむらむらと……飛び降りることを考えた。

オスカー　（なみなみと注いだ二つのグラスを持ってフィリックスに近づき）どうして気が変わった？

フィリックス　変わっちゃいない。まだ考えているよ。

オスカー　飲め。（酒を渡し、カウチに歩みより坐る）

フィリックス　離婚したくないよ、オスカー。今さら急に人生を変えたくないんだ……（カウチに歩みよりオスカーのそばに坐る）おしえてくれ、オスカー、ぼくはどうしたらいい？……ねえ、どうしたらいい？

オスカー　まず、冷静になれよ。そしたらそのスコッチを飲んで、それからおまえとおれとで新しい人生を考えよう。

フィリックス　フランシスのいない？　子供たちのいない？

オスカー　さして珍しいこっちゃねえだろ。

フィリックス　（下手に歩いて）わかっちゃいないんだ、オスカー。ぼくは彼らなしでは何者でもないんだ。何でもないんだ。

オスカー　何でもないとはなんだ？　おまえは何かだろ！　（フィリックス、アームチェアに坐る）ひとりの人間だ！　おまえは、肉、血、骨、髪、爪、耳、ちゃんとそろってる。魚じゃない。野牛でもない。おまえはおまえなんだ！……歩くし、話すし、泣くし、愚痴るし、青い薬を飲み、書き置き電報を打つだろうが。他に誰がそんなことをする、フィリックス以外に。え、よく聞けよ。おまえは——世界じゅう——ただ一人しかいないおまえという人間だ！（バーテーブルに行き）さあ、飲めよ。

フィリックス　オスカー、きみも経験済みだね。どうした？　はじめの二晩三晩どう過ごした？

オスカー　（飲み物を注ぎながら）おまえと同じだ。

フィリックス　気がふれた！

オスカー　ちがう、飲んだ！　酒を飲んだんだよ！　（カウチにボトルを持って戻ってきて、坐る）三日三晩飲み通したよ。あげくに窓を割って転落だ。血を流したが、おかげで忘れもしてきた。（酒をまた飲む）

フィリックス　子供のことをどう忘れたらいいんだ？　十二年間の結婚生活をどう拭い去ったらいいんだ？

オスカー　できないね。毎晩、八つの空き部屋に入っていくと、わびしい想いが濡れた手袋のようにピッタリ顔にはりついてくる。だがこれが現実だ、フィリックス。立ち向かっていかなきゃならないさ、残る人生泣いて暮らすわけにもいくまいて。ま

わりのやつらがいい迷惑だ。……さあ、いい子だからスコッチを飲め。(カウチに長々とのびてフィリックスのそばに頭をよせる)
フィリックス　フランシスのこれから先を思うとなあ。
オスカー　何だよ、彼女のこれから先って？
フィリックス　女にとってはもっと大変だろう、オスカー。たった一人子供を抱えて、家の中にポツンと。ぼくみたいに遊び歩くわけにもいかない。あの年でどこに新しい相手を見つけたらいいんだ？　二人のコブつきで。どこに？
オスカー　知らないね。そのうち誰かがあらわれる！　フィリックス、毎年十万の離婚があるんだよ、とすりゃ、離婚もまんざら悪かないさ。(フィリックス、突然両手で耳をおおい低くハミングしてみる)何だ今度は？　(坐りなおす)
フィリックス　耳が聞こえない。風邪ひくとこうなんだ。ここのほこりだ、ほこりにアレルギーなんだ。(ハミングしてみる。立ち上がりまず左足でホップし、次に右足でホップして耳を治そうとする。ホップして窓ぎわに行き窓を開ける)
オスカー　(飛び上がって)何するんだッ？
フィリックス　飛び降りやしないよ。息をするんだ。(深呼吸して)ぼくのアレルギーでフランシスがヒステリーを起こしたことがあったな――。彼女《あれ》の香水でぼくがアレルギーを起こすもんで、しばらくはぼくのアフターシェーブ・ローションを使ってた……とても一緒に暮らせるような男じゃないんだ。あれがここまで持ちこたえた方が不思議だよ。（彼は突然、大鹿のように吠える。もう一度吠える。オスカー度肝を抜かれて見ている）
オスカー　何やってんだ？
フィリックス　耳を治すんだよ、内側に圧力かけると開くんだ。（また、吠える）
オスカー　開いたか？
フィリックス　少しね。（首をもんで）喉をしめつけすぎた……。（部屋じゅうを歩きまわって）
オスカー　フィリックス、どうして自分の体を放っとかないんだ？　下手にいじくるなよ。
フィリックス　それがだめなんだ。ぼくはこうやってみんなを怒らしちゃうんだ。家庭裁判所のヤツ、怒ってオフィスからぼくを叩き出したことだってある。書類に、精神異常と書いてさ！……彼女《あれ》がわるいんじゃない。ぼくと一緒に暮らすなんてできることじゃないんだ。
オスカー　結婚がだめなのは両方の責任だ。（カウチの上にあお向けにねそべって）

フィリックス　ぼくが家でどんなだか知らないからそう言うんだ。ぼくは彼女《あれ》に家計簿を買ってやって、使った金の一ペニーまでつけさせた。煙草が三十八セント、新聞が十セントってね。何でもつけなきゃいけないことにした。そしたら一度大げんかになった。その家計簿の値段をつけ忘れたって彼女《あれ》を責めたからさ……誰がこんな男と一緒にやってける？

オスカー　会計士はどうだ！……さあねえ……みんな完璧じゃない。誰だって欠点はあるさ。

フィリックス　欠点だって？　ハッ！……欠点……家じゃあ週三回メイドに掃除しに来てもらっている。その他の日はフランシスが掃除する。それなのに夜二人が掃除した後、ぼくはまた全部掃除しなおすんだ。せずにいられないんだ。きれい好きなんだよ。責めるんならおふくろを責めてくれ、生後五カ月でおまるのくせをつけられたんだから。

オスカー　よく覚えているなあ。

フィリックス　ぼくが結婚をだめにしたんだ。何にもうまくいった試しがない。彼女《あれ》の料理は必ず料理しなおした、台所から出ていくのを見とどけるや、塩や胡椒をかけるのさ。彼女《あれ》を信用しないというんじゃない、ただぼくの方が腕が立つんだ。……

でも、そうやって結婚生活から吹きこぼれちゃったな。（掌で自分の頭を三回叩く）この大馬鹿野郎が！　（アームチェアに沈みこむ）

フィリックス　我慢ならないんだよオスカー、ぼくは自分がいやでならない。ああ何ていやな男だ。

オスカー　よせ、頭痛くなるぞ。

フィリックス　変な分析はやめてくれ。自分の性質がいやだってことが、わかったんだから。

オスカー　いやなんじゃない、可愛いんだよ。自分だけ悩みがあると思ってるんだ。

フィリックス　（傷ついて）きみだけは友だちだと思ってた。

オスカー　よせよう、フィリックス、こんなに自分にほれこんでる男は見たことがねえ。

オスカー　友だちだからズケズケ言うんだ。おまえが自分を愛しているくらいにおれもおまえを愛しているからよ……。

フィリックス　じゃあ助けてよ。

オスカー　（身を起こし片肘をついて）自分一人だって持てあましてんのにおまえまで助けられるか？　おまえは一緒に暮らせるような男じゃないと言ったたな？　ブランチはいつもいってたよ「何時に夕食にする？」おれは言うんだ。「わからん、腹へってねえ」それでいて朝の三時にゆり起こして「腹へったぞ！」……おれは過去十四年間、この東海岸じゃ最高給取りの一人に数えられるスポーツ記者だ——だが貯金はたったの八ドル五十セント、それも一セント銅貨でな！　家は空ける、ぼくちはする、家具には煙草で焼けこげをつくる。酒は飲み放題、嘘はつき放題、十年目の結婚記念日には彼女《あれ》をニューヨーク・レンジャース対デトロイト・レッドウィングスのホッケー試合に連れ出し、そこで彼女《あれ》はパックに当たった。だがまだおれはなぜ彼女がおれをおいて帰っちゃったのかわからなかった。……おれが如何にどうしようもない男かがわかったろう！

フィリックス　きみみたいじゃないからなあ、ぼくは一人ではどうしても生きてけないんだ。どうやって働いてったらいいんだ。きっとクビになるだろう……どうして生きてったらいいんだ？

オスカー　街角に立って泣くんだな。五セント玉を投げてもらえる！……働けよ、フィリックス、働くんだ。（横になる）

フィリックス　フランシスに電話すべきだろうか？

オスカー　（爆発しそうになって）どうして？　（起き上がる）

フィリックス　そりゃ……も一度話し合うために。

オスカー　話し合いはついいたろが。結婚生活は終わったんだぜ、いつこの現実に立ち向かうんだ？

フィリックス　だめなんだ、オスカー、ぼくはどうしていいかわからないんだ。

オスカー　じゃあ、おれの言うことを聞け。今夜はここに泊まれ。そして明日になったら衣類と電気歯ブラシをうちから取ってきてここに住め。

フィリックス　いや、ここはきみのアパートだ。邪魔になるといけない。

オスカー　八つも部屋があるんだぜ。なんなら一年間だってお互い顔を見ないで暮らすこともできるんだ。……わからないのか？　おれはおまえに引っ越してきてほしいんだよ。

フィリックス　どうして？　ぼくは疫病神だよ。

オスカー　わかってるよ。くどくど言うな。

フィリックス　じゃあどうして一緒に暮らそうなんて言うんだい？

オスカー　どうしてって、一人で暮らすのが耐えられないから、だからだよ！……こんな大声でどなっておれはおまえにプロポーズしてるんだ。何が欲しい、指輪か？

フィリックス　（オスカーに近寄りながら）そうか、オスカー、本気でそう言うのなら、ここでぼくができることは山とある。家ん中のことじゃぼくは役に立つ男だぞ。きちーんとしてやるよ。

オスカー　きちんとしなくてもいいよ。

フィリックス　何かしたいんだ、オスカー。何かぼくにさせてくれ。

オスカー　(うなずいて) よーし、女房のイニシャルをタオルから取るなり……何でも好きなことをしてくれ。

フィリックス　(片づけはじめながら) ぼく料理できる、料理にかけちゃすごい腕なんだぞ……。

オスカー　料理なんかするこたあないよ。朝はハムでいい。

フィリックス　一日二食にしよう、そうすりゃ相当残る。二人とも慰謝料払わなきゃならないからね……。

オスカー　(フィリックスの元気づいたのを見て嬉しく) わかったよ。料理しろ。(クッションを彼に投げて)

フィリックス　(そのクッションをまた投げ返して) ラムの足は好きかい。

オスカー　ああ、好きだ。

フィリックス　じゃあ、明日の夕食に作ってやろう……フランシスに電話しなきゃ。ぼくの大なべを持ってるんだ。

オスカー　フランシスはなしッ！　おれたちはおれたち用のなべを買うんだ。引っ越してもこない前からおれをそう怒らすない。（電話が鳴る。オスカー急いで取りあげる）もしもし？……やあ、フランシス！

フィリックス　（片づける手を止めて、夢中で手を振り、きしるような声で囁く）いないよ！　ぼくならいないよ！　会わなかったよ、居場所知らないことにしてくれ。来なかった。いないんだ。ここにいないよ。

オスカー　（電話に）うん。ここにいる。

フィリックス　（あちこち行ったり来たりして）どんな風？　心配してる？　泣いてる？　何て言ってる？　話したがってるか？　ぼくは話したくないよ。

オスカー　（電話に）うん、そうだ！……。

フィリックス　戻らないって言ってくれ。もう決心したんだ。あの時そう覚悟したんだ。彼女《あれ》に負けずぼくだって苦しんだんだから。言ってくれ、もし帰ってくるって思ってるのなら、すっぽかしを食うだけだって。言ってくれ。言ってくれ。

オスカー　（電話に）そう！……そう、元気だ。

フィリックス　元気なんて言うな！　今夜のぼくを見たろう。よく言うね、元気じゃないよ。

オスカー　(電話に) うん、わかったよ、フランシス。

フィリックス　(オスカーのわきに坐って) 話したがってる? 話したいか聞いてくれ?

オスカー　(電話に) 彼と話すかい?

フィリックス　(電話に手をのばして) かわってくれ、話す。

オスカー　(電話に) あそう、話したくないのね。

フィリックス　話したくない?

オスカー　(電話に) うーん、そうだね……そうだ……じゃあ、さよなら。(電話を切る)

フィリックス　話したがらなかったんだな?

オスカー　そう!

フィリックス　じゃなぜ電話してきたんだ?

オスカー　いつ衣類を取りに帰ってくるかって……部屋を塗り直したいんだってさ。

フィリックス　オオ!

オスカー　(フィリックスの肩を叩いて) なあ、フィリックス、もう一時だよ。(立ち上がる)

フィリックス　ぼくに話したくなかったんだな？　ええ？

オスカー　おれは寝るよ、茶でもいれて、フルーツ・クッキーかレーズン・クッキーでも食べるか？

フィリックス　そうだ。ピンクに塗り直す気だ。前からピンクにしたがってたから。

オスカー　パジャマを出してやるが、縞がいいか？　水玉？　動物柄か？　（舞台前寄りのベッドルームに入る）

フィリックス　そうか、よう苦しんでくれたもんだ、そうか……こっちは死のうとさえしたのに彼女《あれ》は色を選んでんだから。

オスカー　（ベッドルームで）どっちの寝室《へや》にするんだ？　どっちみちおれんとこは汚ねえが。

フィリックス　（ベッドルームの方へ歩みよりながら）ねえ、ぼくは嬉しいと思うね。彼女がわからせてくれたんだ……すべて終わったということを。たったの今まで自分自身の中で本当にはできなかったんだ。

オスカー　（枕、枕カヴァー、パジャマを持って出てきて）フィリックス、寝てくれよ。

フィリックス　今の今まで彼女《あれ》の言ったことを本気にしてなかった。結婚生活は本当に終わったんだ。

オスカー　フィリックス、もう寝ろ。

フィリックス　何となくつらくはなくなったな、なんとなく生きていけそうな気がしてきた。

オスカー　生きていくのは明日からにしてくれ。今夜はもう寝ろ。

フィリックス　もうすぐな。考えなきゃならないんだ、これからの生活をどう立て直すか……鉛筆と紙あるかい？

オスカー　もうすぐじゃない。今だ！　ここはおれの家だぞ、消灯時間を決めるのはおれだ。（パジャマを彼にぶつけて）

フィリックス　たのむ、ほんの二、三分間でいいからひとりっきりにしてくれ。自分自身立て直したいんだ。いいから、きみ先に寝てくれ……ぼくは……片づける。（床からごみくずなどひろいあげて）

オスカー　（枕を枕カヴァーに入れて）片づけなくっていいんだ。掃除は一時間一ドル五十払ってやってもらってんだから。

フィリックス　いいんだよ、オスカー。こんなにごみの山がとっ散らかってちゃどうせぼくは眠れないんだ。寝てくれ。朝になったらまた会おう。（皿をトレイの上にのせる）

オスカー　なんかおっぱじめるんじゃないだろうな、えッ？　じゅうたんをあげるとか？
フィリックス　十分、それだけ。
オスカー　きっとだな……？
フィリックス　（微笑んで）きっとだ。
オスカー　ガタガタ騒ぐなよ？
フィリックス　ガタガタ騒がない……皿洗ったらすぐ寝る。
オスカー　よおーし……（自分のベッドルームに歩いていく。途中舞台前寄りのベッドルームの前を通るとき枕を放りこみ、自分のベッドルームに入りドアを閉める）
フィリックス　（呼んで）オスカー！　（オスカー、気づかわしげに出てきてフィリックスのそばに歩みよる）ぼくのことは大丈夫だ！……二、三日はだめかもしれないが……でもきっと立ち直ってみせる。
オスカー　（微笑んで）よーし！　じゃ、おやすみ、フィリックス。

オスカー、ベッドルームに戻ろうとする、フィリックス、カウチからクッションを取り上げパタパタと叩きながら。

フィリックス　おやすみ、フランシス。

オスカー、愕然として立ち止まる。フィリックスは自分の言い間違いに気づかず、もう一つのクッションを取り上げる。オスカー振り向いてフィリックスをなんとも困惑した表情で見つめる。

――幕――

第二幕

第一場

時……二週間後、夜の十一時頃。

幕開くと、夜も更けてポーカーゲームがたけなわ。ヴィニー、ロイ、スピード、マレーそしてオスカーがテーブルについている。フィリックスの椅子は空いている。この場と最初のポーカーゲームの場には大きな違いがひとつある。部屋がちりひとつなく清潔だ。いや、清潔を通りこして消毒ずみに近い！　この二週間の間に度々かけられたらしいジョンソンのつやだしワックスのためか、一点の汚れも見られない。洗濯物袋、汚ない皿、飲みかけのグラスなどは姿を消している。

突然フィリックスがキッチンから姿をあらわす。彼はグラス、食物、ナプキンなどをのせたトレイを持ってくる。トレイをおろしてから一枚一枚たたんだナプキンを取り、さっと振ってそれぞれに手渡す。男たちはぶつぶつ文句を言いながら膝の上にかける。フィリックスは缶入りのビールを注意深くあけ、長いグラスに、こぼれたりあふれたりしないようにしてていねいに注ぐ。満足げな声をあげて缶を置く。

フィリックス　（マレーに近づいて）……マレーには冷え冷えのアイスビール。

マレー　（手を伸ばしながら）や、どうも。

フィリックス　（グラスを持った手をひっこめて）コースターは？

マレー　ええ？

フィリックス　きみのコースター、グラスの下に置く丸いもん。

マレー　（テーブルの上を見まわして）賭けちゃったらしいや。

オスカー　（取り出してマレーに手渡す）どうも勝ちすぎていると思った。ほれ！

フィリックス　必ず自分のコースターを使ってよ、みんな。（トレイからもうひとつの飲み物を取り上げて）スコッチの水割りは？

スピード　（手をあげて）スコッチの水割り。（誇らしげに）ちゃんと自分のコースタ

ー使ってるぜ。（調べてもらうかのように高々と差し出す）
フィリックス　（酒を渡して）うるさいことを言いたくないけど、グラスが濡れてるとどうなると思う？　（トレイに戻ってきれいな灰皿を取り上げ、みがきだす）
オスカー　（冷たく慇懃に）テーブルに丸い輪の跡が残ります。
フィリックス　（うなずいて）塗りがだめになる。塗りにしみとおっちゃうんだ。
オスカー　（男たちに向かって）輪の跡を残さないようにしようぜ、ええ？
フィリックス　（灰皿とサンドイッチののった皿を取ってテーブルに歩みよる）それから、ロイにはきれいな灰皿……（ロイに灰皿を手渡す）それから——と、ヴィニーにはサンドイッチ。（丁重な給仕頭のように巧みにサンドイッチをヴィニーの前に置く）
ヴィニー　（フィリックスそしてサンドイッチを見て）うーん、いい匂いだ。何だい？
フィリックス　ベーコン、レタス、トマトにマヨネーズかけて、トーストしたライ麦パンにのせた。
ヴィニー　（信じられないというように）どこで買ったの？
フィリックス　（パチクリして）作ったのよ、台所で。
ヴィニー　ええ？　トースト焼いてベーコン料理してくれたの、おれのために？

オスカー　お口に合わなきゃミートローフを作ってくれるとよ、たったの五分でOKだ。
フィリックス　何でもないよ。本当に。ぼくは料理が好きなんだ……なるべく皿の上で食べてくれ。じゅうたんに掃除機かけたばかりだから。（トレイに戻り、立ち止まる）オスカー！
オスカー　（急いで）はい、はいッ？
フィリックス　きみは何が欲しかったんだっけ？
オスカー　二分三十秒ゆでの卵二つとクリスマスケーキ。
フィリックス　（わかってますよといわんばかりに）ダブルのジントニックね。すぐ持ってくる……（歩きかけるがバーテーブルの上の四角い箱の前で立ち止まる）誰、清浄器とめたの？
マレー　何だって？
フィリックス　空気清浄器！（ピシリと）これをいじっちゃだめよ、みんな。汚れた空気を出そうとしてるのに。
　まわりの者を見まわして、しょうのない連中だといったように頭を振り退場。
　全員、二、三秒間沈黙のまま動かない。

オスカー　マレー――おまえの拳銃、二百ドルで買うよ。
スピード　（カードを投げ出して怒ったように立ち上がる）もう我慢ならねえ。（首に手を当て）ここまで来てるよ。この三時間ポーカーやってたのはたったの四分。せっかくの金曜夜が料理や家事の見学なんてなあまっぴらだ。
ロイ　（椅子にぐったりとなったまま、頭をたれて）息もつけやしない。（空気清浄器を指して）あのいまいましい機械が何もかも吸いこんでやがる。
ヴィニー　（食べながら）うーッ、うまい。誰か、ひと口やろか？
マレー　トーストあったかいか？
ヴィニー　完璧さ、マヨネーズも多すぎないし……実にうまいサンドイッチだ。
マレー　少し切ってくれよ。
ヴィニー　ナプキンよこせ。パン屑が落ちるといけない。
スピード　（ヴィニーがサンドイッチをマレーのナプキンの上で注意深くちぎるのを見て。オスカーに向かって）黙ってこれを聞いてろってのか？　ええ？　まるで養老院のバアサマじゃねえか！　（絶望に泣かんばかりで）一体おれたちのポーカーゲームはどこ行っちゃったんだ？

ロイ　（喉をつまらせながら）おれたちを殺す気か？　朝までにゃ酸素がなくなって、舌を出した死体が五つ。
スピード　（オスカーにどなって）何とかしろよ！　やつをゲームに戻せよ。
オスカー　（立ち上がる、怒りをおさえて）そんなつまらねえことでごたごた言うな。おまえらにゃ――こんなフザケタ夜も週にたったの一度だ。そこへいくとおれは一日二十四時間メリー・ポピンズと鼻つきあわせてるんだぞ。（窓がわにより）
ロイ　前の方がよかった。ごみったためと煙幕《ケム》と。でも前の方がよかった。
ヴィニー　（マレーに）フィリックスのパンの切り方知ってるかい？
マレー　なになに？
ヴィニー　耳の部分を切り落としちゃうんだ、だからサンドイッチが軽いのさ。
マレー　しかも、レタスは柔らかい青い所しか使わないんだよ。（かみながら）実にうまいわ……。
スピード　（驚きかつあきれて）気が変になりそうだ。
オスカー　（キッチンに向かって叫ぶ）フィリックス！……畜生め、フィーリックス！
スピード　（本棚から賭金箱を取り、テーブルの上に置き、金を入れる）いいよ、おれは帰る。

オスカー　坐れよ。
スピード　本でも買って帰って読むか。
オスカー　坐れったら！　坐れッ！　（どなって）フィリックス！
スピード　オスカー、もう終わりだ。あいつの結婚生活破局の日がおれたちポーカーゲームの破局の日だったんだ。（ジャケットを椅子の背から取ってドアに向かう）来週、もし本腰でやるプレーヤーが見つかったら、呼んでくれ。
オスカー　（後を追いながら）今帰っちゃだめだ。おれ、派手に負けてんだよ。
スピード　（ドアを開けたまま）誰のせいでもない、自分がわるいんだ。みんなおまえのせいさ。おまえがやつが死ぬのを引き止めたんだからな。（外へ出てドアをぴしゃりと閉める）
オスカー　（ドアを見つめながら）ちげえねえ！……全くやつの言うとおりだ。（テーブルの方へ歩いてきて）
マレー　（ヴィニーに）そのピクルス食べるか？
ヴィニー　考えてなかった。どして？　欲しいか？
マレー　食べたいんでなけりゃね。あんたのだから。
ヴィニー　いい、いいよ。取れよ、おれはあまりピクルス食べない。

ヴィニー、ピクルスののった皿をマレーに差し出す。オスカーその皿を叩き落とす、ピクルスが空中を飛ぶ。

オスカー　カードを配れ！

マレー　何だよ？

オスカー　いいからカードを配れ、ポーカーをしたいんだろ、だったらカードを配れ。喰いたいんならシュラフトの店へ行け。（ヴィニーに）サンドイッチとピクルスは自分だけでおとなしく喰ってくれ……おれは九十二ドルも負けてるってのに、みんなしてブクブク肥りやがって！（金切声をあげて）フィーリックス……。

フィリックスはキッチンのドアロにあらわれる。

フィリックス　何だい？

オスカー　台所のドアを閉めてここに坐れ。いま十二時十五分前だ。今月分の慰謝料かせぐのにまだ一時間と三十分ある。

ロイ　（鼻をぴくぴくとさせて匂いをかいで）なんだこの匂いは？　消毒剤！　（カードの匂いをかいでみて）カードだ。カードを消毒したんだ！　（カードを投げすて、椅子からジャケットを取りテーブルの向こうへ行き、金を賭金箱に入れる）

フィリックス　（オスカーの飲み物を取ってテーブルまできて置き、自分の席につく）オーケー……賭けはいくら？

オスカー　（自分の席に戻って）さあ、ゲーム再開だ。（坐って）ロイの番だ……ロイ、おい、何してるんだ。

ロイ　タクシーでセントラル・パークまで行ってくる。新鮮な空気を吸わないと、おまえの会計士は死んじまうよ。（ドアの方へ行きながら）

オスカー　（後を追いながら）どういうことだ？　十二時にもなってないじゃないか？

ロイ　（オスカーに振り向いて）なあ、おれはここで四時間もクレゾールやアンモニア入りの空気を吸わされたんだぞ！……こんなポーカーがあるかよ。（ドアに歩みよりながら）もし来週ゲームがしたいんなら……（フィリックスを指さして）パスツール博士はゲームの後に消毒するって保証するか……でなきゃどっかの安ホテルでやるかだ！　おやすみ！　（彼出ていき、ドアを閉める）

一瞬の沈黙。オスカーはテーブルに歩みより坐る。

オスカー　スカッシュなら四人でもできるぜ。

フィリックス　すまないなあ、ぼくのせいだね？

ヴィニー　いいや、どうも最近はみんな、ポーカーに興味がなくなったようでね。

マレー　うーん。なぜかはわからないが、事情が変わってきたんだな。（わきの椅子に行き、坐り、靴をはく）

オスカー　この仲間にどんな変化が起きているか言ってやろうか？　ばらばらになりだしているんだよ。勝手に離婚して……そうさ、夜なかなか脱け出すことができなかった時の方がポーカーは面白かった。

ヴィニー　（立ち上がってジャケットを着）じゃあーおれも行かなきゃ、この休みはベベとアズベリパークに行くんだ。

フィリックス　二人っきりで、ええ？　いいなあ！……いつも二人で出かけるんだろ？

ヴィニー　（肩をすぼめて）仕方ないよ。おれ運転できないもん。（賭金箱から金を取ってドアの方へ行く）マレー、行くだろ？

マレー　（立ち上がりジャケットを取りドアに行きながら）ああ行く。一時までにイタリア・サンドと冷凍エクレア持って帰らないと、女房がニューヨークじゅう指名手配かけてくるんでね。あああ、お二人さんには自分の生活があっていいよ。
フィリックス　誰が？
マレー　（振り返って）誰？……二人よ！　マルクス兄弟！　笑い、笑い、笑いあるのみ。悩みなんかあるかい？……ふっとその気になってプレイボーイ・クラブに行って可愛い子ちゃんをハントしたって誰に気がねがあるじゃなし。
フィリックス　プレイボーイ・クラブなんかに入ってないよ。
マレー　わかってるよ、フィリックス、言葉の綾さ……けど、それも悪かないぜ、どうして入会しないんだい？
フィリックス　どうして？
マレー　二十五ドル払えば鍵をくれて――天国に行けるんだぞ。おれの鍵はたったの三十セントだったが、コンビーフとキャベツの国への鍵だった。（ウィンクして）言うとおりにしろって。（ドアに行き）
フィリックス　何言ってるんだ、マレー？　きみは幸せな結婚しているじゃないか。
マレー　（踊り場のところで振り返り）おれのことを話してるんじゃない……（ジャケットを着て）二人のことをいってるんだ！　運命は二人に冷酷にして汚ない罠をか

けた……だからせいぜい愉しむんだな！　（行きかける）行こう、ヴィニー。

ヴィニーはさよならと手を振ってマレーと出ていく。

フィリックス　（ドアを見つめたまま）おかしいよ、ねえ、オスカー？……あいつらぼくたちが愉しいと思ってるんだ……ほんとに愉しいと思ってるんだ……（立ち上がって椅子をならべ整えだす）わかってないんだなあ、オスカー。あいつらには本当のことがわかってないんだ。（短い皮肉な笑いを立て、わきの下にナプキンをはさんでテーブルから皿を取り上げる）

オスカー　フィリックス、今、後片づけしないでくれたらこの上なくきみに感謝するんだがね。

フィリックス　（トレイの上に皿を置いて）ちょっとだけさ。……（立ち止まりドアを見つめて）マレーのやつ、またなんであんなこと言うんだろ……あいつらほんとにぼくたちをうらやましがってるよ。（テーブルの上を片づけて）

オスカー　フィリックス、いいから全部そのままにしとけよ。おれがまだこれから散らかすかもしれないだろ。（ポーカー・チップを床にバラバラ落とす）

フィリックス　（トレイにいろいろのせながら）しかしあの皮肉がわからないのか？……きみにはわからなかったのかオスカー？
オスカー　（深く溜息をついて）わかったよ。
フィリックス　（テーブルを片づけて）いいや、きみにはわかってないんだ。わかってないんだよ。
オスカー　フィリックス、その皮肉がわかったって言ったろう？
フィリックス　（一息ついて）じゃあ、教えてくれ、何だ、どんな皮肉だ？
オスカー　（深呼吸）その皮肉ってのはだ――おれたちが何か新しいやり方を考えないと、おれがおまえを殺すってことだ！……。
フィリックス　どうかしたの？　（トレイに戻り、グラスを置き……などなど）
オスカー　今のおれたちのやり方はどうも間違っているんだ、そうなんだ。二人のひとりもんの男が八つも部屋のある大きなアパートに住んでるのに、そのアパートがおれのおふくろの家よりきれいになるってのが土台おかしいよ。
フィリックス　（残りの皿、グラス、コースターなどをテーブルから取って）なに言ってんだい？　ぼくはただ皿を流しに片づけようと思ってるだけさ。一晩じゅうここに置いとけって言うのかい？

オスカー　（フィリックスがトレイにのせたグラスを取り上げバーテーブルに酒を取りに戻る）それを全部ベッドに持ってったってかまやしない。おまえの気が済むまで、きれいに片せばいい。だがおれの気がとがめるようなことだけはしてくれるな。

フィリックス　（トレイをキッチンに運び入れる。キッチンのドアを派手に開けたままにして）きみにやってくれなんて言わないよ。きみは片づけなくていいんだ。

オスカー　（ドアの方に動いて）だから気がとがめるんだ。いつ見たっておまえはおれのバスルームでタオルをかけ直してる……煙草を吸えば灰皿持って後をついてくる。……ゆうべはゆうべで、台所の床を髪ふり乱して洗いながら何てうめいていた！　〝足跡、足跡〟（部屋じゅうをうろうろ）

フィリックス　（吸いがら入れに灰皿をあけ、ひとつひとつていねいに拭いて）それがきみのだなんて言わなかったろ。

オスカー　（怒ってウイング・チェアに坐って）おれんじゃなきゃ誰んだよ！　おれの足は跡が残るんだよ。それとも棚の上を渡って歩けってのか？

フィリックス　とんでもない。床の上を歩いてくれよ。

オスカー　そいつはありがたい！　実にありがたい。

フィリックス　（電話台に歩いていき灰皿をきれいにする）ぼくはただ住み心地よくし

たいだけさ、それほどきみの神経にさわっているとは思わなかった。

オスカー　おれはただ、いつおれの風呂場にクレンザーをかける日か決めるくらいの権利はあってもいいと思うのさ、それが民主的なやり方だろが！

フィリックス　（吸いがら入れをコーヒーテーブルの上に置き、カウチの上に静かに坐る、むすっとして）実はいつ来るかと心配してたんだ。

オスカー　何が来るんだ？

フィリックス　きみの神経にさわる日がさ。

オスカー　神経にさわるなんて言ってやしないよ。

フィリックス　同じことさ。ぼくがきみをいらだたせるって言ったじゃないか。

オスカー　おまえがおれをいらだたせるって言ったんじゃないか？　おれは言わないよ。

フィリックス　じゃきみは何て言ったの？

オスカー　何て言ったか知らないよ。それがどうした？

フィリックス　どうもしやしないよ。ぼくはきみが言ったと思ったことを繰り返しただけだから。

オスカー　ならおれが言ったとおまえが勝手に思いこんだことなんか繰り返すな。おれが本当に言ったことを繰り返せ！……ああクソーッ、いらいらする！

フィリックス　ほらみろ！　いらいらするって言ったじゃないか！
オスカー　畜生——なんてくだらねえこと話してんだ！　（立ち上がり、テーブルのそばをあちこち歩きまわって）
フィリックス　（カップを持った手先をくるくる回す動作）オスカー、わるい——わるかった。ぼくはどうかしてるんだ。
オスカー　（舞台前下手を行ったり来たりして）それからその口をとんがらすのはやめてくれ。けんかしたいなら、けんかしようじゃないか。だがふくれるのはやめてくれ。けんかならおれの勝ちだ、ふくれっ面ならおまえが勝ちだ！
フィリックス　そうだね、ぼくについてきみが言うことは全くそのとおりだ。
オスカー　（本当に怒って、フィリックスに向かい）それからそうハイハイとなんでも言うこと聞くな。おれがいつも正しいとは限らない。時々はおまえだって正しい。
フィリックス　きみが正しい。ぼくはいつもわるいんだ。
オスカー　いいや、今回に限りおまえがわるい。そしておれが正しいんだ。
フィリックス　ああ、もう放っといてくれ。
オスカー　それだ、そのふくれっ面、口をとんがらすのと同じことだぞ。
フィリックス　わかった、わかったよ。（怒ってカップを握りしめる）畜生、どうしてぼくはたった一つのことさえまともにできないんだ？　（突然立ち上がりカップを玄関のドアに投げようと腕をうしろに振りかぶるが、思い直して下に置き坐る）

オスカー　（見守って）どうして投げない？

フィリックス　投げそうになったよ。時々自分に腹が立って気がふれたみたいになるんだ。

オスカー　じゃあなぜ投げない？

フィリックス　なぜって自分をおさえようとするからよ。

オスカー　なぜ？

フィリックス　なぜってどういうこと？

オスカー　なぜ、おさえようとするんだ？　腹が立った、カップを投げつけたくなった、だったらなぜ投げない？

フィリックス　やったってしょうがないからさ。やったところですかっともせず、カップは割れちゃうだけだもの。

オスカー　すかっとするかしないかどうしてわかる？　すかっとするかもしれないぞ。どうして頭の中の考えをいちいち整理しなきゃならないんだ？……なぜ一回くらい自分自身を解放してみないいんだ？　たまには本当にやりたいッと思うことをやってみろ――しなきゃいけないことじゃなくってさ。固いばかりが能じゃない。フィリックス、リラックスしろ、酒を飲め！　怒れ。……さあ、そんなカップなんか割っちまえ！

　フィリックスやにわに立ち上がりドアにカップを投げつけこなごなにする。だが腕の痛みに。

フィリックス　おうう……腕が痛い！　（カウチの上にくずれ落ち、腕をもむ）

オスカー　（手をあげて）ああ、あわれな男！　おまえはしんからだめな男だ！　（テーブルのまわりをうろついて）

フィリックス　（痛みに顔をひきつらせて）この腕で投げちゃいけなかったんだ。なんて馬鹿なことをしたんだろ。

オスカー　これから納戸に住むんだな？　食事はドアの外に置き、新聞は下のすきまから入れてやるから。それなら安全だろが。

フィリックス　（腕をこすりながら）神経痛でね。ゴルフもそれでやめた……温湿布ある？

オスカー　カップを投げたぐらいでどうして腕が痛むかなあ？　コーヒーが入ってたとでもいうなら別だが、空っぽのカップでさ……（ウイング・チェアに坐る）
フィリックス　もういい、やめてくれ。ぼくはこうなんだ。敏感なんだ。仕方ないんだ。
オスカー　泣くんじゃないよ、ええ？　おまえの腕に落ちる涙が神経痛のもとになったんじゃないの？
フィリックス　（腕を支えたまま）一度なんか髪をとかしてただけでなっちゃった。
オスカー　（頭を振って）世界じゅうにルームメイトはゴマンといるだろに、よりにもよってこんなポンコツをつかまされるとは。（溜息をついて）まあ、いいさ、もっとひどいのもいるかもしれない。
フィリックス　（布巾と吸いがら入れをバーテーブルにのせ、チップ入りの箱を取りテーブルに行き）そうよ、もっともっと悪いかもしれない。
オスカー　どうして？
フィリックス　どうしてってどうしてさ？　あのぶきっちょなマレーやしょっちゅう愚痴ってばかりいるスピードと一緒に住んだらどうする？　（膝をついてチップを拾いあげ箱に入れる）ぼくは料理も掃除もする、家事をとりしきってるじゃないか。それで大分金も残してるだろ？

オスカー　そうだ、だがこんどはその金を数えろって夜通し寝かしちゃくれない。
フィリックス　（テーブルに行きチップやカードを箱の中に入れる）ちょっと待った。ぼくたちがいつもやりあってるとは限らないだろ、たまには愉しみもあるだろう？
オスカー　（カウチに行き）愉しみ？　いいかフィリックス、第二チャンネルの映像が鮮明になることがおれの愉しみにゃならないんだぞ。
フィリックス　何言ってるんだ？
オスカー　よおーし、じゃ、おれたちは毎晩何をして過ごす？　（運動靴を脱いで、床に落とす）
フィリックス　「何をする」って……夕食の後？
オスカー　そうだよ、おまえの作ったひらめのバタ焼きと皿が片づいて、流しがぴっかぴかになり、残りものがサランラップに包まれた——その後おれたち何をする？
フィリックス　（テーブルを片づけ、棚の上に残ったものを全部片づけて）さあ、本を読んだり……話したり……。
オスカー　（ズボンを脱いで床に投げつけ）ちがう、ちがう。おれが本を読んでるのに、おまえはしゃべるんだ……おれが仕事をしようとするのにおまえはしゃべるんだ……おれが寝ようとしてもおまえはしゃべるんだ。おれたちはどうにかおまえの生活を立て直したよ、だがおれだってほんのちょっとだけ愉しみを持ちたいんだ。

フィリックス　(舞台奥のキッチンの椅子をテーブルから離して) 何のことを言ってるの？　ぼくがしゃべりすぎるってこと？

オスカー　(カウチに坐って) ちがうんだ、そうじゃないよ。おれ文句言ってるんじゃないんだよ。おまえはよくしゃべるやつさ。やばいのはおれが聞き役にまわりだしたってことよ。

フィリックス　(テーブルを部屋の凹部分に片づけ) オスカー、何遍言ったらわかるんだ。そんな時はただひと言「黙れ！」って言ってくればいいんだ。気にしないよ。(ラブシートを部屋のなかに引っぱり出し、テーブルを窓と窓の中間に置く)

オスカー　わかってねえな。いいか、おれみたいなガラッパチにしちゃよくも夜通しあくる日の献立を考えたもんだと思うぜ。だが、夜は他のことをするためにあるんだ。

フィリックス　たとえば？　(テーブルの上手と前に二つの椅子を片づけて)

オスカー　たとえば、何かこう柔らかーいものにふれないことには、おれは面倒なことになるんだよ。

フィリックス　女か？　(もう二つの椅子をテーブルの下手と前方にきちんと置いて)

オスカー　そう言いたきゃな……そうだ、女だ！

フィリックス　(キッチンの椅子を二つ持って踊り場の方へ行きながら)　おかしいんだよ、ねえ、ぼくはもう何週間も女のことなど考えたこともなかった。

オスカー　どういう意味だ。

フィリックス　(立ち止まって)　いや、ほんとにおかしいよ。フランシスとぼくとが幸せだった頃は街に出ても女という女がみなきれいに見えたもんだ。(舞台上手奥へ行って背中でキッチンのドアを押し開ける)　きれいな足に見とれて地下鉄を間違えたこともある……でもだめになってからは、女がどんな形をしてたかも忘れちゃった。

オスカー　下に行って二、三雑誌を買うか……でなきゃ電話をかけるか。(椅子をキッチンに運びこみながら)

フィリックス　(キッチンから、皿を洗いながら)　何だって?

オスカー　(舞台下手前の小テーブルの上の煙草入れに近づき葉巻きを取り)　せめてひと晩くらいおれたちより高い声を出す人間とおしゃべりをしようってのよ。

フィリックス　デートしようっての?

オスカー　そッ……。

フィリックス　ううん……でも、ぼくは――ぼくはだめだ。

オスカー　どして?

フィリックス　そりゃ、きみはいいだろうけれど。ぼくはまだ結婚してるんだから。
オスカー　(キッチンのドアに歩みよりながら) 離婚が正式に片づくまでの間ちょっとくらいいいだろう!
フィリックス　そうじゃないんだ。ただ……その……そういう気が起こらないんだ。説明できないけど。
オスカー　ものはためしだよ!
フィリックス　(手に皿洗いブラシと皿を持って戸口に来て) ねえ。ぼくだって遊び歩くつもりだよ。ぼくだってさびしくもなる。でもまだ別居してたったの二、三週間だ。もうちょっと待ってくれ。(流しに戻る)
オスカー　待ってなんかいられるか。今週のテレビガイドにゃ、何も面白いものなんかのっちゃいないぞ! (キッチンに入って行き、出てきて踊り場から下手前にきて) おれがなんか無理なことを言ってるか? おれはただ女たちと食事を一緒にしようって言ってるだけじゃないか。おまえはただ喰ってしゃべってりゃいいんだ。何にも難しいことなんかありゃしない。
フィリックス　(キッチンで) どうしてぼくなんかが必要なんだ? 一人で行けばいいだろう?

オスカー　出てってもまたここに戻ってきたくなったらどうする？　考えてもみろ、〝ここに戻ってきた、おまえが窓ガラスを洗ってる〟じゃまとまる話もぶちこわしだ。（下手前に坐る）

フィリックス　（キッチンから頭だけ突き出して）じゃあ睡眠薬を飲んで寝ちゃうよ。（キッチンに戻る）

オスカー　女をいただけるってのになんで睡眠薬なんか飲むんだよ？

フィリックス　（エアゾールの入った缶を頭上高く持って部屋じゅうスプレーしてまわる）だってわるいと思うんだよ。だからさ。きみにはわからないかもしれないけれど、ぼくはそう感じるんだから仕方がない。（バーテーブルの上にスプレーを置き吸いがら入れと布巾をキッチンに持って入る。流しにそれらを置き、せっせと冷蔵庫を拭きだす）

オスカー　なあ、おまえは女を台所に連れてってブルーベリーパイを作ってやったっていい、でも毎晩ベッドの中でうずくまってフランシスの名前をクロスワードパズルで書いているよりははるかに健康的だぞ……たったひと晩でいいから、他の女とつきあってみろ。

フィリックス　（ラブシートを注意深く舞台下手前の位置に据え……気弱になって）で

も……誰に電話するんだい？　ぼくの知っている独身の女性といえばぼくの秘書だけだし、おまけに彼女はぼくのこと好きじゃないんだ。
オスカー　（飛び上がってフィリックスの隣りにしゃがみこみ）おれに任しといてくれ。このアパートに姉妹《きょうだい》がいるんだ、イギリス人だがね。一人は亭主に死なれ、もう一人は出戻りだ。二人ともあけっぴろげだ。
フィリックス　どうしてわかる？
オスカー　先週エレヴェーターの中で二人と一緒になっちゃってさ。（電話口に飛んでいって床に電話番号簿を置き、膝をついて番号を調べだす）あれから電話をするつもりだったんだが、どっちの女を連れ出したもんか迷ってたんだ、これなら完璧だ。
フィリックス　どんな女？
オスカー　心配するな、おまえのはべっぴんだ。
フィリックス　心配なんかしてないよ。……どっちがぼくの？
オスカー　出戻りだ。（番号簿を見て）
フィリックス　（オスカーに歩みよって）どうしてぼくのが出戻りさ？
オスカー　どっちだっていいよ。未亡人の方がいいか？　（見つけた番号にクレヨンで印をつけながら）

フィリックス　（カウチに坐りながら）いや、未亡人なんかいらない、出戻りだっていらない。そう言やきみが喜ぶかと思って。
オスカー　いいからどっちでも好きな方をとれ。二人がやって来たら、気に入った方を指させばいいんだ。（番号の入ったページを破って本棚に走りよりそこにひっかけて）おれはどっちでも構わない。ただちょっと冗談がしてみたいんだよ。
フィリックス　わかった、わかった。
オスカー　（カウチに寄り、フィリックスのわきに坐り）そう簡単にわかるな。愉しくやるって約束してくれ。たのむフィリックス、そいつが肝心なんだ、約束するって言え。
フィリックス　（うなずいて）約束するよ。
オスカー　もう一度！
フィリックス　約束する！
オスカー　またノート出して、タクシーに一ドル三十なんてつけるな。
フィリックス　つけない。
オスカー　誰もフランシスなんて呼ぶな、こっちはグウェンドリンとセシリーだ。
フィリックス　呼ばないよ。

オスカー　泣いたり溜息ついたり、うめいたり、うなったりするな。
フィリックス　七時から十二時まではニタニタしている。
オスカー　それと、いいか。過去の話はするなよ。現在だけ。
フィリックス　それと、将来。
オスカー　それでこそおれの待ち望んでいた新しいフィリックスだ。（飛び上がって下手に歩きながら）夜の方がいいだろうな……おい、どこへ行こう？
フィリックス　何しに？
オスカー　食事にだよ。どこにしよう？
フィリックス　レストランへ行く気かい？　四人で？　破産しちゃうよ。
オスカー　洗濯代を切りつめるさ。木曜日には靴下はかない。
フィリックス　それじゃ金を捨てるようなもんだ。もったいない。
オスカー　どっちみち喰わなきゃなるまい。
フィリックス　（オスカーに歩みよって）食事はここでしよう。
オスカー　ここで？
フィリックス　料理するよ。すりゃ、三、四十ドルは浮く。（カウチに行き坐る。電話を取り上げて）

オスカー　そんなダブルデートってあるかい。おまえはまたひと晩じゅう台所に缶詰めになるぞ。

フィリックス　いいや、大丈夫だ。昼のうちに仕込んどくもん。じゃがいもさえ煮ちゃえばあとは暇で暇でしょうがないくらいのもんさ。（ダイヤルをまわしだす）

オスカー　（前後に歩いて）新しいフィリックスはどうなってんだ？……誰にかける？

フィリックス　フランシス。ロンドン・ブロイルの作り方訊くんだ。女たちが飛びつくぞーッ。

ダイヤルをまわす。オスカー憤然と嵐のごとくベッドルームに去る。

——幕——

第二場

時……二、三日後。八時頃。

幕開くと誰もいない。食卓は「ハウス・アンド・ガーデン」誌のグラビアさながら、四人用にテーブルクロス、ろうそく、ワイングラスなど完璧に用意されている。花が中央に活けられていて部屋のあちこちにも花が飾られている。コーヒーテーブルの上には、クラッカーとディップもある。キッチンではさかんに仕事している音がする。

玄関のドアが開きオスカーが茶色の紙袋に入れたワインを抱え、ジャケットを肩にかけて入ってくる。部屋を見まわしキッチンの音を聞いてにこにこする。袋をテーブルの上に置き、ジャケットを下手前の椅子にかける。

オスカー　（大声で叫ぶ。うきうきと芝居っけも加わって）今帰ったよ！　（シャツを脱ぎながらベッドルームに入っていき、今度はコードレス・シェイバーを手に、きれいなシャツとタイを肩にかけて飛びはねながら出てくる。テーブルがみごとに飾られているのをみて愉しそうに歌う）おみごと！　これはみごとだ！　（鼻をくんくんさせキッチンからの芳香を感じて）ふむふむ……思ったとおりだ。何かうまいものができてるな……（両手をもんで）そう、やっぱりあれだ。おれはこの世でいちばん幸せな男だ。（シェイバーをポケットにしまい、シャツを着はじめる。フィリックスはキッチンからゆっくり出てくる。皿拭き用の小さいタオルをエプロンのように腰に巻き、片手におたまを持っている。オスカーを静かににらみつけるように見て、アームチェアに行き、坐る）ワインを買ってきたよ。（袋から壜を取り出しテーブルの上に置く）バタール・モンラッシェ。六ドル二十五。構わないだろ、ええ？　今週は会社に歩いて通うことにしよう。（フィリックスは気むずかしげに黙っている）おい、冗談抜きにして、フィリックス、こいつは大したもんだ。ひとつ言わせてもらうなら、明かりをすこし暗くしよう……（壁の明かりを消す）そして音楽をすこーし大きめにして、（本棚のステレオに行きレコードのアルバムを取り上げる）ロンドン・ブロイルには何がいいだろう、マンシーニかシナトラか？（アルバムを置いて）フィリックス前をにらんだまま）フィリックス？　どうしたんだ？（フィリックス……どうかしたのか？　何かあるんだな、話し方でわかるよ。（バスルームにアフターシェーブ・ローションを取りに入り、出てきて塗る）よし、フィリックス、どうしたんだ？

フィリックス　（彼を見ないで）どうしたんだ？　今いったい何時だと思うんだ、まずそれから始めよう。

オスカー　何時かって？　さあ……七時半か？

フィリックス　七時半？　八時台だよ。

オスカー　（小さいテーブルにローションを置いて）そうか、じゃあ八時だ、だから？（ネクタイを着けながら）

フィリックス　だから？……七時までには帰って来るって言ったじゃないか。

オスカー　そんなこと言ったかな？

フィリックス　（うなずいて）ああ言った。「おれは七時には帰る」って言った。

オスカー　よし、おれは七時には帰るって言った。そして今は八時だ、それがどうした？

フィリックス　おそくなるってわかっていたら、なぜ電話してくれないのさ？

オスカー　（ネクタイをしめる手を止めて）電話できなかったんだ、忙しくて。

フィリックス　電話も取れないほど忙しかった？……一体どこにいたの？

オスカー　会社で仕事してたさ。
フィリックス　（上手前にきて）仕事してた？　ハッ！
オスカー　そうだよ、仕事してたんだ！
フィリックス　七時に会社に電話したんだ。きみはとっくにいなかったよ。
オスカー　（シャツをズボンにたくし入れながら）帰り道で一時間かかったんだよ。タクシーがつかまらなくって。
フィリックス　一体いつからハンニガンのバーにタクシーがあるようになったんですかね？
オスカー　ちょっと、ちょっと待ってくれ。これをテープレコーダーに入れときたいよ……誰も信じてくれねえだろうからさ！……じゃあ何かい、これから夕食におくれる時には電話をいれろってのか？
フィリックス　（オスカーに近づいて）どの夕食にでもじゃない、ぼくが昼の二時から台所で精だして……きみの金を倹約するため、きみの奥さんの慰謝料を払うために頑張って作った夕食にはだ！
オスカー　（つとめて自分をおさえて）フィリックス……内輪もめをしてるような場合じゃないんだ。今にも二人の美女がここへ来るんだよ。

フィリックス　じゃあ、彼女らにはここに八時に来るように言ったのかい？
オスカー　（ジャケットを取り上げ、カウチに歩いていく。コーヒーテーブルに坐りディップを取り上げて）何て言ったか覚えてないね、七時半、八時……どっちでも大差ないだろうが？
フィリックス　（オスカーの後をついてまわって）その大差ってのを教えてやる。きみは客が七時半に来るって言った。だから七時には会社から帰ってきてぼくがオードブルを作るのを手伝ってくれるはずだった。七時半には客が来てカクテルを飲み、八時には夕食のはずだった。しかるに、今が八時だ。ぼくのロンドン・ブロイルはもうおしまいだ！　今すぐにでも食べるんでなけりゃ、肉も何もみーんなカーラカラにひからびちゃうよ！
オスカー　おお神よ、助けたまえ。
フィリックス　きみなんかを助けるこたあない、神さまに肉を助けてもらえよ。あそこでたった今九ドル三十四セントのとっておきが焦げかけているんだ。
オスカー　あったためとけないかね？
フィリックス　（下手に歩いて）ぼくを何だと思ってるんだ？　マジシャンか？　一体どうしたらいいんだ？

オスカー　知らないよ。グレーヴィをどんどんかけたらどうだ。
フィリックス　何のグレーヴィ？
オスカー　グレーヴィ全然ないかね？
フィリックス　（癇癪玉を破裂させて）夜の八時だというのにどこに買いに行けってんだ？
オスカー　（立ち上がり下手に動いて）おれはまた肉を料理する時一緒についてくるのかと思った。
フィリックス　（オスカーの後をついて歩いて）一緒についてくる？　料理のイロハも知らないんだな、グレーヴィは作るんだよ。向こうから歩いてくるんじゃないッ。
オスカー　おまえがおれの意見を訊くから、言ったまでのことじゃないか。（ジャケットを着る）
フィリックス　意見？　（おたまをオスカーの鼻先で振って）きみは自、分、とこの台所がどこにあるのかさえ、ぼくが来て教えてやるまで知らなかったじゃないか。
オスカー　おれと話がしたいなら、そのスプーンを下におろしてもらおう。
フィリックス　（怒りに爆発しそうになって、再びおたまを振りながら）スプーン？　この何にもわからんトンチキめが、これはおたまだよ、お、た、まッ！　これがおたまだってことさえわからないんだから。
オスカー　わかったよ、フィリックス、落ちつけ。
フィリックス　(われに返ってラブシートに坐る) そう簡単なこっちゃないよ、いいからやってみろよ、台所はきみに任せるから。三十分でロンドン・ブロイルを四人分作ってみな。
オスカー　(誰にということもなく) 聞いてくれ。やつとグレーヴィのことで言い争ってるこのざまを。

ベルが鳴る。

フィリックス　(飛び上がって) そーら来た。鋸を取ってきて肉を切る。(キッチンへ行きかける)
オスカー　(とどめて) 動くな!
フィリックス　この食事の責任は取らないからな。
オスカー　誰がおまえを責めた?　食事なんかどうでもいいだろう。
フィリックス　(オスカーの方へ踏み出し) そうはいかない。ぼくは自分のやってることに誇りを持っているんだから。だからきみから正確に、一切の事情を彼女たちに説明してもらうぞ。

オスカー　わかったよ、おれが八時に帰ってきたのをポラロイドにでも撮りゃいいだろ！　その馬鹿みたいなエプロン取れよ、ドア開けるぞ——。（フィリックスのタオルをひっぺがしてドアに向かう）

フィリックス　（食卓の椅子からジャケットを取って身につける）たったひとつだけはっきりさせときたいことがある。もう二度ときみのために料理なんかしてやらない！　きみみたいな人間にはまともな食事のよさがわからないんだ。だからインスタントなんてのが流行《はや》るんだ。

オスカー　それだけか？

フィリックス　そうだ！

オスカー　じゃあ、笑え。（オスカー微笑み、ドアを開ける。女二人顔を出す。二人とも三十代になりたてでどことなく魅力的。見るからに英国人である）どうも、こんばんは。

グウェンドリン　（オスカーに）こんばんは。

セシリー　（オスカーに）こんばんは。

グウェンドリン　おくれたかしらん。

オスカー　いやいや、きっかりですよ。さあ、どうぞ入って下さい。（二人が入るのを指さしながら）ああ、フィリックス、こちらぼくの親友、グウェンドリンとセシリー……。

セシリー　（間違いを訂正して）セシリーとグウェンドリン。

オスカー　ああそう、セシリーとグウェンドリン……ええと……（姓をいっしょうけんめい思い出そうとして）ええ……言わないで……ロビン？……じゃない……ええ……カーディナル？

グウェンドリン　両方ともちがいますわ。ピジョンですのよ。

オスカー　ピジョン、そう、そうでしたね、セシリーさんとグウェンドリン・ピジョンさん。

グウェンドリン　（フィリックスに）ウォルター・ピジョン（米国の俳優）の綴りにd《デー》の入ったピジョンではありません。ポーポーと鳴く鳩、あのピジョンですわ。

オスカー　ああ覚えときましょ……セシリー、グウェンドリン、こちらぼくのルームメイトで今晩のコック……フィリックス・アンガー。

セシリー　（手を出して）はーじめまして？

フィリックス　(彼女に近寄り握手して) はじめまして。
グウェンドリン　(手を出して) はーじめまして。
フィリックス　(踊り場に立ち彼女と握手して) はじめまして。

こうするとオスカーと鼻をつき合わせるようになり、二人顔を見合わせるバツのわるい瞬間がある。

オスカー　そう、これでよしっと。……さあ、坐ってくつろぎましょうよ。

フィリックス、横にどいて女たちを部屋に招じ入れる。アームチェアとカウチの間に全員坐りこもうとひとしきり混乱と口々のアドリブがあって最後に姉妹はカウチに腰をおろす。オスカーはアームチェアに、フィリックスはラブシートに静かに歩いていって坐る。

セシリー　(室内を見まわして) 素敵だわ、うちのアパートよりはるかに素敵。お手伝いたのんでらっしゃるの？

オスカー　ええ、まあ。毎晩男が通ってくれてます。
セシリー　まあ、幸せな方。
　セシリーとグウェンドリンとオスカーはこの冗談に笑う。オスカーはフィリックスを見るが何の反応もない。
オスカー　（手をもみながら）そう、こうして会えるなんて素敵ですよね。……きのうもフィリックスにどうしてぼくたちが知りあったか話してたんですよ。
グウェンドリン　あそう？……フィリックスって？
オスカー　（少し当惑して、フィリックスを指さし）彼……。
グウェンドリン　あっそう、もちろんだわ。ごめんなさい。
　フィリックス、構いませんよといった風にうなずく。
セシリー　それがね、今朝もおんなじことが起きたんですよ。
オスカー　何が？

グウェンドリン　エレヴェーターに缶詰めになったの。
オスカー　本当に？　二人だけで？
セシリー　三階のケスラーさんも。中に三十分も閉じこめられていたんですよ。
オスカー　まさか？　それでどうなりました？
グウェンドリン　どうにも。残念だけれど。
　　セシリーとグウェンドリンはこの冗談に笑いだす。オスカーも笑う。オスカー、フィリックスを見るが反応なし。
オスカー　（また手をもんで）ほんとによく来てくれました。
セシリー　うちより、はるかに涼しいわ。
グウェンドリン　うちなんか赤道直下のアフリカみたい。
セシリー　ゆうべなんか、わたしもグウェンドリンも冷蔵庫を開けっぱなして、生まれたままの姿で坐って涼んだの、こんなことって、想像できます？
オスカー　う……してるとこです。
グウェンドリン　実際眠ることもできないんですもの。セシリーもわたしもどうしていいかわからないの。
フィリックス　金曜日は雨が降るとか。
グウェンドリン　まあっ！　そらこの人いわないいこっちゃない。
オスカー　なるほど。だが家《うち》にはある。
グウェンドリン　それがないんですもの。
オスカー　冷房をつけっぱなしにして寝たらいい。

全員、フィリックスを見る。

グウェンドリン　そう？
セシリー　少しは涼しくなるでしょうね。
オスカー　だろな。
フィリックス　でも、雨の降った後、暑くなることもある。
グウェンドリン　そう、そうだわ、ね？

一同、フィリックスを見つめたまま。

フィリックス　（突然飛び上がり、おたまを取りあげ、キッチンに向かって歩きだし）食事ができました！
オスカー　（彼をとどめて）まだだ！
フィリックス　できてるよ！
オスカー　いや、まだだ！　ご婦人方は先にカクテルを召しあがるんだ。（女たちに）でしょ？
グウェンドリン　さからったりしないわ。
オスカー　そうそう。（セシリーに）何がいいですか？
セシリー　あら、何がいいかしら。（オスカーに）何がある？
フィリックス　ロンドン・ブロイル。
オスカー　（フィリックスに）飲み物だよ。（セシリーに）何でもありますよ。なけりゃ薬混ぜてでも作ったげます。何にします？　（彼女の横にかがんで）
セシリー　そお……ウォッカをダブルで。
グウェンドリン　セシリー……やめなさい、お食事前に……。
セシリー　（男たちに）姉は……わたしのこと母さん鶏《どり》みたいに監視するんですよ。

（オスカーに）じゃダブルのウォッカをすこーしだけ。
オスカー　はーい、ダブルのウォッカをすこーしだけ！……それからこちらの美しい母さん鶏《どり》には？
グウェンドリン　そうね……何か冷たいものがいいわ。ダブルのドランブイにかいた氷をたっぷりかけたの……氷があればだけど。
オスカー　ゆうべ夜通しハンマーで氷を砕いてました……すぐ作ってきます！
バーテーブルに行きウォッカとドランブイの壜をつかむ。
フィリックス　（彼の後に続きながら）どこ行くんだ？
オスカー　酒のつまみだッ。
フィリックス　（あわてふためき）中へか？　ぼくはどうなる？
オスカー　天気予報の続きしてろ。（キッチンに入っていく）
フィリックス　（彼に声をかけて）ぼくの肉を見てくれよ！　（振り返り女たちを見る。椅子のところまで歩いてきて坐る。脚を無造作に組む。どうも落ちつかなくてまた組みなおす。沈黙が続いていることに気がつき、ただ微笑んでいるだけではどうしようもなくなる）あの……オスカーがお二人はご姉妹《きょうだい》だと言ってましたが。

セシリー　ええ、そうよ。（グウェンドリンを見る）

フィリックス　英国のご出身で？

グウェンドリン　そう、そうですわ。（セシリーを見る）

フィリックス　そうですか。（沈黙、やがてささやかな冗談を飛ばす）ぼくたちは兄弟じゃない。

セシリー　ええ、知ってるわ。

フィリックス　ぼくには兄がいるけど。医者なんです。バッファローに住んでます。ニューヨークの北の方の……。

グウェンドリン　（ハンドバッグから煙草を取り出して）そう、知ってるわ。

フィリックス　兄を知ってるんですか？

グウェンドリン　いえっ――。バッファローがニューヨークの北の方だってこと。

フィリックス　ああ！　（立ち上がり、煙草のライターをサイドテーブルから取り出し、グウェンドリンの煙草に火をつける）

セシリー　わたしたち行ったことがあるの！……あなたは？

フィリックス　いえ！　いい所ですか？

セシリー　とっても。

フィリックス、煙草に火をつけてライターをパチンと閉じ椅子に戻りかける。ライターを閉じた拍子にライターがその煙草をくわえてしまったのに気づかず椅子に戻るが、あわてて、グウェンドリンに煙草を返す。ライターをテーブルに戻してそわそわと坐る。間。

フィリックス　それは愉快ですね？……アメリカに来てから何年になります？
セシリー　もう四年になるかしら。
フィリックス　（うなずいて）ふむふむ……旅行で？
グウェンドリン　（セシリーを見て）いいえ！……ここに住んでます。
フィリックス　じゃ、ここで働いているんですね？
セシリー　ええ、スレンダラマに秘書としてつとめています。
グウェンドリン　ほら、あのヘルスクラブの。
セシリー　みなさんの身体を相手にいろんな素晴らしいことをするの。
グウェンドリン　もしご興味がおありなら十パーセント安くしてさしあげるわ。

セシリー　十パーセントお値段を差し引いて、身体から差し引くんじゃないの。
フィリックス　ああ、そうですか。（と言って笑う。全員笑う。フィリックス突然、キッチンに向かって叫ぶ）オスカー、飲み物どうした？
オスカー　（奥で）今行くよ。
セシリー　どんなご職業でらっしゃるの？
フィリックス　CBS向けにニュースを書いてます。
セシリー　あーら、素晴らしいのね。
グウェンドリン　どっからアイデア持ってくるんですか？
フィリックス　（宇宙人を見るがごとくに彼女を見て）ニュースから……。
グウェンドリン　ああ……そう、もちろんだわ……わたしったら……。
セシリー　グウェンドリンとわたしのことをあなたのニュースに載せてくれないかしら。
フィリックス　そう、何かとびっきり目立つようなことをしたら書くかもしれません。
セシリー　あら、わたしたち、とびっきり派手なこともしたけど……世間にふりまきたくないわね――グウェン？

二人笑う。

フィリックス　（彼も笑うが、突然、ほとんど泣きそうになって助けを求め）オスカー！

オスカー　（奥で）はーい、はーい！

フィリックス　（女たちに）大きなアパートなもんだから、ついどなってしまいます。

グウェンドリン　あなた方独身者が二人だけで住んでいらっしゃるの？

フィリックス　独身者じゃない、経験者です。つまり、オスカーは離婚し、ぼくは離婚手続中ってわけです。

セシリー　まあ、世間ってせまい。わたしたちも同様だわ。

グウェンドリン　まあ、じゃこれ以上ぴったりの四人組はないってわけね。

フィリックス　（弱々しく笑って）そうですね。

グウェンドリン　むろん正確にはわたしは未亡人ってわけだけど。主人と離婚しかけていたけど、最後まで手続きが終わらないうちにあの人死んじゃったの。

フィリックス　気の毒にねえ。（溜息ついて）全くおそろしいことですよね。離婚というのは。

グウェンドリン　ひどいのもあるでしょうね……ちゃんとした弁護士をやとわないと。

セシリー　そうよ。ひどいのになると何カ月も、何カ月も長びかして。わたしはその点運がよかったわ、ポン、バツーン、自由になっちゃった。

フィリックス　ぼくの言うのは、人に与える影響のことですよ。だいたい離婚って何ですか？　二人の幸せな人間を引き裂いて人生を完全にわけてしまうんだ。非情です、残酷です、そう思いませんか？

セシリー　ええ、ひどく悩まされることはたしかね。

グウェンドリン　でも、もちろん、すんだことだわ、えっ……えっ……と、本当にごめんなさい、あなたのお名前また忘れちゃったわ。

フィリックス　フィリックス。

グウェンドリン　ああ、そうそう、フィリックス。

セシリー　猫のフィリックスと同じ。

フィリックス、ジャケットのポケットから財布を取り出す。

グウェンドリン　じゃ、わたしたち〝鳩〟姉妹は〝猫〟に気をつけないといけないわね？　（と言って笑う）

セシリー　(皿の上のナッツをつまんで食べながら)　むむむ……このカシューナッツ、おいしい。
フィリックス　(財布から写真を取り出し)　別れていちばん辛いのがこれですよ。(セシリーに写真を渡す)
セシリー　(それを見て)　子供さんの時の写真？　あなたね？
フィリックス　いや、いや、ぼくの男の子と女の子。(セシリーはグウェンドリンに写真を渡してバッグの中から眼鏡を取り出してかける)　男の子が七つ、女の子が五つ。
セシリー　(再び見て)　まあ、可愛い。
フィリックス　今は母親と一緒なんです。
グウェンドリン　さぞかし、会いたいでしょうね。
フィリックス　(写真を取り戻して、いかにもせつなげに見つめながら)　この子たちと別れて暮らすなんてどうにもたまらない。でもこれが離婚なんだ。
セシリー　全然会わないんですか？
フィリックス　いえ毎晩、会社からの帰りに寄るんです！……週末には遊びに連れ出し、七月、八月にも連れて遊びに出るんです。
セシリー　あら！……じゃ、いつが会わなくってさびしいの？

フィリックス　会っていない時はいつでもです。学校に行く時間があんなに早くなけりゃ行って朝食を用意してやるんだが。ぼくのフレンチトーストが大好物でね……。
グウェンドリン　あなたって本当に献身的なパパなのね……。
フィリックス　いや、素晴らしいのは、フランシスの方ですよ。
セシリー　フランシスって……お嬢ちゃん？
フィリックス　いや、母親です、ぼくの家内。
グウェンドリン　あなたが離婚しかかってる人？
フィリックス　（うなずいて）むむ！……彼女は実にみごとに子供たちを育てましたね……。子供たちはいつでも身綺麗で行儀よくって、言葉遣いも正しいの。決して、「うーん」なんて言わない、必ず「はいっ」。……全くいい子たちだ。それも全部フランシスのおかげなんです。彼女ってのは大体が……あっ、ぼくは何を言ってるんだ？　こんなこと聞きたくないでしょ？

写真を財布にしまう。

セシリー　とんでもない。誇らしく思って当然だわ。可愛らしい二人のお子さんと素晴らしい奥さまがいるんですもの。

フィリックス　（感情のたかぶりをこらえて）わかってます、わかってるんですよ。

（セシリーにもう一枚のスナップショットを渡して）これ、これがフランシスです。

グウェンドリン　（写真を見ながら）あら、きれいな方、ねえ、きれいじゃないこと、

セシリー？

セシリー　まあ、ほーんと。きれい。きれいな方ね、ほーんと、きれい。

フィリックス　（写真を取り返して）ありがとう。（もう一枚の写真を見せて）これい

いでしょ？

グウェンドリン　（見て）誰も写ってないじゃない。

フィリックス　そう。うちのリビングです。とってもきれいなアパートだった――。

グウェンドリン　ほーんと、きれい。とってもきれいね。

セシリー　このランプもきれいね。

フィリックス　ありがとう！　（写真を取って）これはね、メキシコへ新婚旅行で行った時買ったものなんです……（写真をまた見て）毎晩家へ帰るのがなにより愉しみだった。（次第に自制心がくずれてくる）あれがぼくの全人生だった。ぼくの妻、ぼくの子供たち……そしてぼくのアパート。（くずれ折れ忍び泣く）

セシリー　そのランプも奥さんが持っているの？

フィリックス　（うなずいて）みんなやっちまった……もう二度ともとには戻らないんだ……二度と！……ぼくは――ぼくは……（顔をそむけて）ごめんなさい。

ハンカチを取り出して眼を押さえる。グウェンとセシリーは同情して顔を見合わせる。

どうも……すみません。感情的になる気はなかったんだけれど。（懸命に自分自身を取り戻そうとする、サイドテーブルからボウルを取って彼女たちに差し出す）ポテトチップはどうですか？

セシリーはボウルを受け取る。

グウェンドリン　恥ずかしがることはないわ。男の人で泣けるなんて素晴らしいわ。

フィリックス　（眼に手を当てて）おねがいですから、もうその話は……。

セシリー　あら、素敵じゃない。とっても素晴らしいわ。（ポテトチップを取る）

フィリックス　そんなこと言うとよけい泣けてくるのに。
グウェンドリン　（涙眼になって）男の人が離婚する相手の女性を誉め称えるなんて素晴らしいじゃない。……あらやだ。（ハンカチを取り出して）可哀そうなシドニーのことを想い出しちゃった。
セシリー　やだ、グウェンドリン、やめてよ。（ボウルを下におろす）
グウェンドリン　初めはとっても幸せな結婚だったわ。みんながそう言ってた。ね、そうよね？　セシリー。あなたとジョージみたいじゃなかった。
セシリー　（グウェンドリンを慰めようとして自分にも過去の想い出がよみがえってくる）そうよ。ジョージとわたしは決して幸せじゃなかったわ。……たった一日だって。（不幸せだったことを想い出してハンカチをつかみ出すと眼を拭く。今は三人とも坐ったままハンカチで涙を拭いている）
フィリックス　泣くなんてばかげてますよね……。
グウェンドリン　なんでこんなことになったのかしら。今の今までさわやかな気分だったのに。
セシリー　十四の時から泣いたことなんかなかったのに。
フィリックス　思いっきり泣いた方がいいんですよ。すっきりします。ぼくはいつもそうするんです。

グウェンドリン　ああ……大変……いやだ。

三人ともハンカチに顔をうずめて泣く。突然オスカー、飲み物が一杯のったトレイを手に上機嫌で出てくる。満面に笑みを浮かべている。

オスカー　（あくの強い司会者のような口調で）みなさーん、ご機嫌いーかがですか？（この場の異様な雰囲気を感じる。フィリックスと女たち急いで冷静さを取りつくろう）一体どうしたんだ？

フィリックス　何でもない！　何でもない！（急いでハンカチをしまう）

オスカー　何が何でもないんだ！　おれがたった三分間いなかったらどうだ！　まるでお通夜だ。おまえまた何か言ったな？

フィリックス　何にも言わない。またやりあうのはよそうよ、オスカー。

オスカー　たったの五分だって一人にしとけないんだから。よーし、そんなに泣きたいなら中へ行ってロンドン・ブロイルを見てこい。

フィリックス　（突然狂ったようにキッチンに飛びこんでいって）おっ大変だ！　どう

して呼んでくれなかったんだ？　呼んでくれるように言ったろう。
オスカー　（セシリーに飲み物を渡し）ごめんなさいね、フィリックスのこと注意しとくの忘れちゃったもんで。やつはその、泣き男なんです。
グウェンドリン　あら、今までにあんな優しい人、見たことないわ。
セシリー　（グラスを取りながら）彼ってほんとにセンサイね、こわれるんじゃないかと思うくらい。わたし、オクルミにしてあやしてやりたいくらいよ。
オスカー　（グウェンに飲み物を差し出す。自分のグラスからひと口飲んで）そう、台所から出てきたら、あやしてやらなきゃならないかもしれないよ。

はたして、フィリックス、傷ついた小犬のような顔でキッチンから踊り場に出てくる。キッチン用の厚い手袋をはめてロンドン・ブロイルののったフライパンを持っている。彼の最愛の料理は今やまっ黒コゲである。

フィリックス　（静かに落ちついて）これからデリカテッセンに行ってくる、すぐ戻るから。
オスカー　（近寄って）ちょっと待った。そんなにひどくないだろ、ちょっと見せろよ。

フィリックス　(彼に見せて) ほら！　九ドル三十四セントの灰だよ！　(フライパンを引っこめる。女たちに) コンビーフ・サンド買ってきますからね。

オスカー　(見ようとして) こっちよこせ！　少しは大丈夫かもしれない。

フィリックス　(オスカーから遠ざけて) 少しも残っちゃいないよ。全部黒コゲだよ。誰が黒コゲの肉なんか……。

オスカー　おれが見ちゃいけないのか？

フィリックス　いけないね。

オスカー　どうして？

フィリックス　今こんな黒コゲの肉を見るんならさっき自分の時計を見ときゃよかったんだ！　もういいよ！　(きびすを返してキッチンに行きかける)

グウェンドリン　(彼に歩みよって) フィリックス……！　おねがい、見せて？

セシリー　(彼に向かってカウチの上に膝をついて) おねがい？

フィリックスはキッチンのドアの所で立ち止まる。ほんの一瞬ためらう。彼女たちが気に入ってるのである。やおら向きを変え、黙ってフライパンを差し出す。グウェンドリンとセシリーは黙って肉をしらべしのび泣く。こちらを向き、オスカーに。

セシリー　中華料理はどう？
オスカー　そいつはいいや。
グウェンドリン　もっといい考えがあるわ。みんなで台所のありあわせで作らない？
オスカー　ずっといいや。
フィリックス　なべは全部使っちゃったよ。（ラブシートに行き坐る。手にフライパンを持ったまま）
セシリー　じゃあ、家《うち》で食べない？　冷凍食品がどっさりあるわ。
オスカー　（にこやかに）いちばんいいや。
グウェンドリン　でも、うちはとっても暑いから、上着なんか脱いでね。
オスカー　（微笑みながら）その時は冷蔵庫を開ければいいんでしょ？
セシリー　（カウチからバッグを取り）五分だけ待ってね、料理の仕度するから。

グウェン、カウチからバッグを取る。

オスカー　四分にまけてくれない？　急に腹がへってきて死にそうだ。

女たちドアへと歩く。

グウェンドリン　ワインを忘れないでね。
オスカー　命にかけて。
セシリー　栓抜きも。
オスカー　栓抜きも。
グウェンドリン　それとフィリックス。
オスカー　それとフィリックス。
セシリー　ポ、ポ！
オスカー　ポ、ポ！
グウェンドリン　ポ、ポ！

女たち退場。

オスカー　（閉まったドアにキスを送って）セクシーギャルだよ、タターのターっと。（あちこちをにこやかに歩いてバーテーブルから栓抜き、ワイン、レコードなどを集める）フィリックス、愛してるよ。おまえが肉を焼きすぎたおかげで、とびきりイカシタ夜になりそうだ。さあ、アイスバケツ持って。仕度なんかいいから、ささ、行こッ。（ドアに走る）

フィリックス　（じっと坐ったまま）行かないよ！

オスカー　何だって？

フィリックス　行かないって言ったんだ。

オスカー　（フィリックスの方へ歩きながら）おまえ、気でも違ったのか？　向こうで何がお待ちかねだかわかってんのか？　たった今、二つベッドのあるお熱い家でハトポッポの姉妹と夜を過ごそうって招かれたんだぞ！　行かねえとは何だ？

フィリックス　どうやって彼女らに話しかけていいのかわからないんだ。何をしゃべったらいいんだか。もうバッファローにいる兄のことはしゃべったし……もうネタ切れだ。

オスカー　フィリックス、女たちはおまえに首ったけなんだぞ。おれにそう言ったよ！一人なんかおまえをオクルミにしてあやしたいって言ってた、おまえはおれより上《うわ》

手《て》だよ！　アイスバケツ持ってこいよ。（ドアに向かう）
フィリックス　どうしてわからないんだ？　ぼくは泣いたんだよ！　二人の女の前で。
オスカー　（立ち止まり）そう、それがよかったのさ！　おれもヒステリーにでもなるか。
フィリックス　（ドアに行き）アイスバケツを持ってきてくれるな？
オスカー　でもなぜ泣いたりしたんだろ？　やっぱりわるいと思ってるんだ。ぼくの気持ちはやっぱりフランシスと子供たちに結ばれてるんだ。
フィリックス　じゃあ、今晩一晩だけでもその結びめをほどいてくれよ。
オスカー　もういいよ。（台所に向かって歩きだす）なべを洗って、髪をシャンプーする。（キッチンに入りなべを流しに置く）
フィリックス　（どなりながら）おまえの油じみたなべもそのドタマもいいからほっとけ！　おれと一緒に来い！
オスカー　（キッチンで）いやだよ！　いやだ！
フィリックス　おれ一人で二人の女をどうすりゃいいんだ？　フィリックス、こんな仕打ちはしてくれるなよ、絶対に許さないからな！
オスカー　行かないったら行かないんだよ！
フィリックス　（金切声で）よおーし、畜生め、テメエなんかと行くか！　（憤然と出ていってドアをビシャンと閉める、しばらくしてドアが開きオスカー、入ってくる）来るか？

フィリックス　（キッチンから雑誌を見ながら出てくる）いいや。

オスカー　ああそうかい、少しも自分を変える努力をしねえんだな。……おまえはそういう人間で終わるんだろうよ……死ぬまでな。

フィリックス　（カウチに坐って）ぼくはぼく、きみはきみだ。

オスカー　（うなずく、窓に行き、カーテンを開け、窓を大きく開け放つ。ドアに向かって歩きはじめる）ここは十二階だ、十一階じゃないんだぜ。

オスカー出て行く。フィリックス開いた窓をじっと見つめて。

——幕——

第三幕

時……翌日の夜七時半頃。

幕開くと……部屋は再びポーカーゲーム用にしつらえられている。食卓は下手前に、椅子はそのまわりに、ラブシートは後部壁の窓の下に移動されている。フィリックス、ベッドルームより掃除機と共にあらわれる。じゅうたんの上をていねいにかける。テーブルのまわりをかけている時、ドアが開いてオスカーが夏の帽子をかぶり新聞を手に入ってくる。それに気づかずに掃除機をかけているフィリックスをオスカーにらみつけ、軽べつしたように頭を振り、フィリックスの後ろを通ってアームチェアの横のサイドテーブルの上に帽子をのせ、ベッドルームに入っていく。フィリックス、オスカーに全然気づかない。と、突然掃除機が止まる。オスカーがベッドルームでプラグを抜いたのである。フィリックス、数度ONのボタンを押すがあきらめてベッドルームに入って行こうとしたとたん、オスカー、ベッドルームよりあらわれ、フィリックスはやっとことの次第を了解する。オスカー、ポケットより葉巻きを取り出し、フィリックスの前を横切りながらその包み紙を無雑作に捨てる。それからカウチに乗り靴のまま行ったり来たりしてクッションをめちゃめちゃに踏みつぶす。そこから降りてこんどは片足でアームチェアにどかんと乗り、降りてカウチに坐りコーヒーテーブルから木のマッチを取りテーブルの面で思いっきり強く擦って葉巻きに火をつける。マッチをじゅうたんの上にすっとばし、ふんぞりかえって新聞を読みはじめる。

フィリックスは一部始終を黙って見守っていたが、やがてていねいに葉巻きの包み紙とマッチを拾い、オスカーの帽子の中に落とす。そして両手のごみを払い、掃除機コードを長くひきずりながらキッチンに入る。

オスカー、帽子の中から包み紙を取り出し、コーヒーテーブルの上の煙草の吸いがらで一杯の灰皿に入れる。おもむろにこの灰皿を取り上げ、床にどっとばかりにまきちらす。も一度坐り直して新聞を読みはじめた時、フィリックスがキッチンから今度は湯気のまだ立っているスパゲッティの皿をトレイにのせて出てくる。オスカーの後ろをテーブルに向かって横切りながら、あてつけがましくオスカーが食いはぐれたごちそうのうまそうな匂いをぷんぷんさせる。

フィリックスが坐って食べはじめるとオスカーはエアゾールの噴霧器を持ってきてフィリックスのまわりにまきちらし、フィリックスのわきに缶を置き新聞を読みだす。

フィリックス　(スパゲッティをわきにどかして) よーしッ、一体いつまで続ける気なんだ?

オスカー　(新聞から目を上げずに) おれに言ってんのか?

フィリックス　そうだ、きみに言ってるんだ。

オスカー　何だい?

フィリックス　一生ぼくと口をきかないつもりかどうかって訊いているんだ。それならそれでラジオを買ってくるよ。(返答なし) どうなんだ?　(返答なし) そうか、ぼくとは口をきかないっていうんだな。(返答なし) わかったよ。(返答なし) こいつはまるでゲームだ。(間) きみが口をきかないっていうんならぼくだって口をきくもんか。(返答なし) ぼくだってきみ同様子供じみた真似もしてやるからな、(返答なし)

きみがきかないうちはぼくだって口きくものか。

オスカー　じゃどうして黙らない？

フィリックス　ぼくに話してるのか？

オスカー　話すチャンスはゆうべあったろ。おれと一緒に来いって言ったはずだぞ。今後いっさいそのシャンプー頭からは声も聞きたかねえ。いいか警告だぞ、フィリックス。

フィリックス　（にらんで）警告だと？……よーし了解。

オスカー　（立ち上がりポケットから鍵を取り出してテーブルの上にビシャンと置いて）裏のドアの鍵だ。廊下と自分の部屋だけ往復してる分にゃ問題なかろう。（カウチに深く坐る）

フィリックス　何のこと言ってるのかさっぱりわからない。

オスカー　じゃあわからせてやろう。おれのなわ張りを荒らすなって言ってんだ。

フィリックス　（鍵を取り上げカウチに近より）本気なんだ……本気で言ってるんだね……本気かい？

オスカー　ここはおれのアパートなんだ。このアパートの何から何までおれのもんだ。ここにあるものでおまえのものは、おまえだけさ。いいから自分の部屋にひっこんで大声をたてるな。

フィリックス　やっぱりそうだ。本気で言ってるんだ……じゃあ言わしてもらうが、家賃も半分はこっちで負担してるんだからね、どの部屋でも好きに出入りさせてもらうよ。（怒って立ち上がり廊下に行きかける）

オスカー　どこ行くんだ？

フィリックス　きみのベッドルームをぶらついてくる。

オスカー　（新聞をビシャンとはたきおとして）入るな。

フィリックス　（カッカッとしてきて）どこへ行こうとぼくの勝手だ。ひと月百二十ドル払ってるんだからな。

オスカー　そいつはシーズンオフの相場。明日からは一日十二ドル。

フィリックス　よーしわかった。（ポケットの中から札を取り出し十二ドルをテーブルの上に叩きつける）ほら十二ドル、きょうの分払ったからね。さ、きみの部屋に入るぞ。（荒れて行きかける）

オスカー　入るな！　おれの部屋に入るなー！

オスカー、フィリックスを追いかける。フィリックスはテーブルのまわりを走ってこれをかわす。オスカー、その前に立ちふさがる。

フィリックス　(後じさりながら、テーブルをオスカーとの間においてて) 気をつけろ! いいか気をつけろオスカー!

オスカー　(指さしながら) いいか警告だ。おまえはここに住みたい、おれはおまえの顔も見たくない、声も聞きたくない、料理の匂いもいやだ。だからスパゲッティもおれのポーカーテーブルからどかしてくれ。

フィリックス　ハ! ハハ!

オスカー　何がおかしい?

フィリックス　これはスパゲッティじゃない。リ、リ、リ、リングイネ。

オスカー、リングイネの皿を取り上げキッチンのドアまで行き中に投げつける。

オスカー　それも今や、生ごみだ! (カウチの奥を行ったり来たりする)

フィリックス　(オスカーを信じられないといった風に見る) なんて狂気のさただ!

イカレてるんだ！……ぼくは神経症ってだけだが、きみは完全にイカレてる！

オスカー　おれがイカレてるだと、ええ？　こいつはいい、おまえのようなヘナチョコ野郎に言われるとは。

フィリックス　（キッチンのドアに行き中の惨状を見て、オスカーに向き直る）ぼくは片づけないからな。

オスカー　うれしいね。

フィリックス　聞こえないのか？　ぼくは片づけないよ。あれはきみが汚したんだ。（またキッチンをのぞき）見てみろ。壁中ピロピロぶらさがってる。

オスカー　（踊り場に行きキッチンのドアから中を見て）いいねえ。（ドアを閉め下手に歩きながら）

フィリックス　（かんかんになりながら）ほっとくのかい、あれを？　ええ？　今にかたーく茶色になって……イッッ……むかむかする……片づけるよ。

キッチンに入っていく。オスカー彼の後を追う。格闘の音がして、なべ、フライパンなどの落ちる音。

オスカー　（オフで）さわるな！……そのリングイネに一本でもさわってみろ――鼻づらに一発喰らわすぞ。

フィリックス　（キッチンから飛び出す、オスカー追いかける。立ち止まりオスカーを鎮めようとする）オスカー……精神安定剤を二、三錠飲んだらどうだ。

オスカー　（指さして）自分の部屋へ行け！……聞こえたか？　自分の部屋へ行け！

フィリックス　わかったよ……まあ、落ちつこうじゃないか、ええ？　（オスカーの肩に手を置くが、オスカーさわられるのも耐えがたいといった風に荒々しく身を引く）

オスカー　今晩だけでも生き延びたいならおれを縛りあげて、テメエの部屋は戸も窓も鍵をかけておくんだな。

フィリックス　（テーブルの脇に腰をおろし、つとめて沈着を装って）わかった、オスカー、一体何が起こったのか聞こうじゃないか。

オスカー　（彼のそばへ行って）何が起こっただと？

フィリックス　（急いで隣りの椅子に席をかえて）そう。こりゃ何かわけがあるんだ。何だ？　ぼくが何か言ったからか？　ぼくが何かしたからか？　ええ？　何だい？

オスカー　（行ったり来たり）おまえの言ったことじゃない。したことでもない。原因はおまえそのものだ！

フィリックス　そうか……そりゃ明快だ。

オスカー　もっと明快にできるが、痛い目にあわせたくない。

フィリックス　何だ、料理か、掃除か、それともぼくの泣き上戸か？

オスカー　（彼の方に歩きながら）よし、はっきりと言ってやる。原因は料理、掃除、泣き上戸……寝言、夜中の二時、耳がつまったと言ってやる牛の鳴き真似……もう我慢ならない、フィリックス。おれは気が狂いそうだ。おまえのやることなすこと全部いらいらする。おまえのいない時はいない時で帰ってきてするだろうことを思っただけでいらいらする。……おまえはおれの枕の上に書き置きをするよな、何度言ったらわかるんだ、枕もとの書き置きだけはやめてくれって。〝コーンフレークが切れてます。F・U〟公衆便所の落書じゃあるまいし、エフ・ユーがファック・ユーならぬ……フィリックス・アンガーおまえのイニシャルだってわかるのに三時間もかかったよ……おまえが悪いんじゃない。ただおれたちの相性が悪すぎたということだ。

フィリックス　わかりかけてきた。

オスカー　まだまだ。今のは序の口だ。……会社のおれの机の上にゃタイプした箇条書があるよ〝人を怒らせるいちばんてっとり早い方法に関する十二章〟ってな。……だが昨夜《ゆうべ》はその最たるものだった。うう……あれはまさしくクライマックスだった。人類史上稀に見る出来事だったね。

フィリックス　何のことを言ってるんだ、ロンドン・ブロイルか？

オスカー　ロンドン・ブロイルじゃない。階上《うえ》の二本のラムチョップのことだよ。（階上を指さす）おれはな、あのイギリス生まれのベティちゃん姉妹相手に一晩じゅう茶をすすりながらおまえの身の上話を語らされたんだぞ。

フィリックス　（飛び上がって）オホオ！　それで頭に来てたのか。きみの大事な夜を台なしにしちゃったからか！

オスカー　おまえがあんな気分にさせた後じゃ、女たちがイギリスに泳いで帰らなかったのが不思議ってもんだ。

フィリックス　ぼくばっかり責めるなよ。大体最初っからデートなんかいやだって言ってたろが。

フィリックス、オスカーの顔に指を振りかざす。

オスカー　その指を何かに使うあてがないなら、おれの顔に振りまわすのはやめてもらおう。
フィリックス　(オスカーと鼻がくっつくほどの近くで向き合い)……ぼくのことは放っといてもらおう。(自分自身のアクションにびっくりしてオスカーから飛びのく。弱々しく彼のまわりをまわってカウチに行き坐る)
オスカー　何だそれは？　へえ癇癪起こすんだ？　おれがパンケーキバターの中に葉巻きを落として以来久しぶりだな、おまえが癇癪起こすのは。(廊下の方に行きながら)
フィリックス　(脅迫じみて)オスカー……きみはぼくが言いたくないことを言わせようとしてるんだよ。でもいったん言いだす以上、聞いた方が身のためだね。
オスカー　(テーブルに戻り両手をついてフィリックスの方に身を乗り出し)そうか、腹に一物あるってか。ならさっさと吐き出してみろ。
フィリックス　(テーブルへと大股で歩き、両手をテーブルの上にのせオスカーの方に身を乗り出して。両者、鼻と鼻の近さ)よーし、警告しただろが……きみは素晴らしい男だ、オスカー。ぼくのためにあらゆる手をつくしてくれた。もしきみがいなかったらどうなっていたかわかりゃしない。ぼくをここに寄せてくれ、生きる場所、生きる目的を与えてくれた。それだけは決して忘れないよ。オスカー、きみは本当に素晴らしい人だ。
オスカー　（身じろぎもせず）それでおしまいなら何か聞き落としたな。
フィリックス　これからだ！……きみは世界でも稀に見る不精者だ。
オスカー　なるほど。
フィリックス　全くたよりにならない。
オスカー　終わりか？
フィリックス　ちっともあてにできない。
オスカー　そうかい？
フィリックス　おまけに、無責任。
オスカー　お次は。どうもカッカッしてるようだな。
フィリックス　そのとおり、ぼくは終わりだ。さ、これできみには言いたいだけ言ってやった。どうだい？　（カウチに歩いていって）
オスカー　（まっすぐ背筋をのばして）よし、じゃあこんどはおれが言いたいことを言ってけりをつけよう……半年というものおれは一人でこのアパートに住んできた、八つもの部屋にたったひとりでな……おれはシケて、ショゲて、ショボクレていた……そこへおまえが引っ越してきた。おれの最良にして最愛の友人がだ……ところがたった三週間のきわめて緊密かつ個人的な接触で――おれはいまや神経障害を起こしかけているんだ！……後生だ。台所に移ってくれ。そしておまえのポット、おまえのなべ、おまえのおたま、おまえの温度計と暮らしてくれ……こっちに出てくる時はベルを鳴らしてくれないか、ベッドルームに駆けこむから。（ほとんどくずれ折れそうになって）ていねいにたのんでいるんだよ、フィリックス……友だちとして……おれの前から姿をかくしてくれ！（といってベッドルームへ入る）

フィリックス（明らかにこれには傷ついたが何かを思い出して、オスカーに声をかける）紙の上を歩いてくれよー？床が濡れてるんだ。（オスカー、ドアから姿をあらわす。今や偏執狂のようにギラギラとフィリックスをにらみつけてゆっくり歩いて来る。フィリックス急いでカウチをオスカーと自分の間に置く）わかったよ。そばによるな、そばによるなってのに。

オスカー（カウチのまわりをフィリックスを追いかけながら）さあ、こいッ、一発だけ喰らわしてやる。受けてみろ、頭か、腹か、腎臓か。

フィリックス（部屋じゅうあちこち身をかわして）裁判ざたにしたいのか、オスカー。

オスカー　逃げたって無駄だ、フィリックス、部屋はたったの八つ。近道はおれの方がくわしいぞ。

二人はカウチの両側で向かい合う。フィリックスはランプを手に身構える。

フィリックス　これがきみの解決方法か、オスカー？　まるでけだものじゃないか？

オスカー　黙れ、おれがこの問題をどう解決するか見たいっていうんだな。見せてやろう。（フィリックスのベッドルームに荒々しく入っていく。物の落ちる音。やがてスーツケースを持ってあらわれる）さあ、見せてやろう。（スーツケースをテーブルの上に投げて）そら！　これがおれの解決方法だ！

フィリックス　（何のことやらわからずに、スーツケースを見る）どこ行くの？

オスカー　（爆発して）おれじゃない、馬鹿もん！　おまえだよ！　おまえが出ていくんだ。おまえに出ていってほしいんだ。たった今！　今晩！　（スーツケースを開ける）

フィリックス　何言ってるんだ？

オスカー　すべて終わったんだ、フィリックス、全結婚生活が。全部取り消しだ！　わからないのか？　もうおまえと暮らすのはいやなんだ。荷物をまとめて、サランラップで包んでさっさと出ていってくれ。
フィリックス　本当に出てけって言うのかい……？
オスカー　ほんとに、現実に、早急にだ。どこへ行こうと勝手だ。自然史博物館にでも引っ越したらどうだ。（キッチンに行く。なべやフライパンのぶつかりあって落ちる音）あそこなら満足できるぜ。きっと。エジプトのミイラのほこりを気がすむまで払ってやれるからな。だがおれはまともな人間様だ。（キッチンからごっそり調理器具を持って来て開いたスーツケースにつめる）おれが欲しいのはささやかな自由だ。それさえ贅沢だっていうのか？　（スーツケースのふたをして）そら……荷造り完了。
フィリックス　そんなに言うとぼく本当に出ていくよ。
オスカー　（天を仰いで）なぜヤツはおれの言うことを聞いてないんだろ？　なぜおれの声が聞こえないんだろ？　おれはたしかに話してる、こりゃおれの声だ。
フィリックス　（憤慨して）もし本当に出てって欲しいのなら、出て行くよ。
オスカー　じゃあ出てけ。出てって欲しいんだから出てけ。いつ出てくんだ？
フィリックス　いつ出てくって、えっ？　なんてまた、きみはフランシスより気が短いな……。

オスカー　彼女の時と同じくらいでいいさ、いつものなれたコースじゃないか。
フィリックス　つまり、きみはぼくを追い出しているんだ。
オスカー　〝つまり〟じゃないよ、〝まさに〟だ。（スーツケースを拾い、フィリックスに差し出して）おれはおまえを追い出すんだ。
フィリックス　わかったよ……ぼくはただしっかりと記録しときたかったんだ。将来きみの良心の呵責となるだろうことを。（自分のベッドルームに入る）
オスカー　何？……？　何だって……？（後をベッドルームのドアまで追いながら）何が良心の呵責になるんだ？
フィリックス　（ジャケットを着ながらオスカーのわきを通りすぎる）ぼくを追い出すってこと。（立ち止まり彼に向かい）ぼくは喜んでここにとどまりぼくたちの性分の違いを訂正する気でいるんだけど……きみは拒否するんだろ？
オスカー　（スーツケースを持ったまま）そう……そのおまえの訂正ぐせにはつくづくいや気がさしてるんだ。だから出ていってもらいたいんだ！
フィリックス　結構……「家から出てけ」っていうきみの言葉を聞いたからには……結構……でも、いいね、ぼくに何が起ころうともきみの責任だ。それだけはきみの頭に置いといてくれ。（ドアに歩いていく）

オスカー　（ドアまでついて歩いて、金切声で）ちょっと待て、このヤロー！　なぜまともな人間らしく追い出されようとしないんだ？　なぜ「それだけは頭に置いとけ」なんて言うんだ。頭になんか置いときたかねえ。おれはただおまえに出てってもらいたいんだ。

フィリックス　どうした、オスカー？　少しは後ろめたいのか――？

オスカー　（手すりを欲求不満で叩きながら）畜生。一日じゅう、おまえを追い出すことを夢見ていたというのに、おまえはその愉しみさえも取り上げるのか。

フィリックス　愉しみをぶちこわしてわるかったな。もう行くよ……〝きみの希望と願望により〟（ドアを開けに行きかける）

オスカー　（フィリックスのわきでどっとドアを閉め、フィリックスとドアの間に立ちふさがり）取り消すまでは出てくんじゃない。

フィリックス　何をさ？

オスカー　〝頭に置いとけ〟……一体何だ、猫人間《キャット・ピープル》の呪いか？

フィリックス　どいてくれ、たのむから。

オスカー　フランシスと別れた時もこうだったのか？　道理ですぐさま部屋の色を塗り変えたくなったわけだ。（フィリックスのベッドルームをさして）おれはブロンズ色に塗りたくってやる。

フィリックス　（カウチの背に、オスカーに背を向けて坐り）きみが出口をふさいでちゃ出て行けないだろう？

オスカー　（とても静かに）フィリックス、おれたちは長いこと友だちだったな。その友情のためにも、たのむからひと言「オスカー、おれたちはお互いに我慢ならない、だから別れよう」って言ってくれ。

フィリックス　ぼくの衣類をどうするかそのうち連絡するよ……ぼくが来るか……でなきゃ誰かにたのむ。……（感情のたかぶりをおさえて）もう行くよ。

オスカーあきらめて、道をあける。フィリックス、ドアを開ける。

オスカー　どこへ行くんだ？

フィリックス　（ドアロで振り返り、彼を見る）どこ？……（微笑んで）よせよ、オスカー、本当に知りたいわけでもないだろう？　（退場）

オスカー、苛立ちで爆発しそうになる。フィリックスの後を追って。

オスカー　わかったよ、フィリックス、おまえの勝ちだ。（廊下に出て）二人でやり直そう。何でもおまえのいいようにだ。帰ってこいフィリックス、フィリックス……フィリックス？　こんな風に出て行くなよ――しらみ野郎めが！　（フィリックスの姿はない。オスカー、部屋に入ってきてドアを閉める。片足を引きずっている。耐えがたい苛立ちをどうやわらげたものか。ドアにクッションをぶっつけて、檻の中のライオンのようにあちこちうろつく）よーし、オスカー、しっかりしろ！……やつは行っちまったんだ！　何度も何度も繰り返せ……行っちまったんだ。やつは本当に行っちまったんだ。（痛む頭を抱えて）やつのせいだ。やつが呪いをかけたんだ。おれの頭に。何だかわからないが何かがおれの頭にあるんだ。（ドアベルが鳴る。期待をこめて見上げる）たのむ、あいつであってくれ、フィリックスで。たのむからもう一度やつを殺すチャンスを与えてくれ。

スーツケースをソファに置き、ドアに駆けより開ける。マレーがヴィニーと入ってくる。

マレー　（テーブルわきの椅子の背にジャケットをかけて）おい、フィリックスどうしたんだ？　おれのそばをまたあの〝人身御供〟みたいな顔して歩いていったぜ？

（靴をぬぐ）

ヴィニー　（ラブシートにジャケットを脱いで）どうしたんだ？「どこ行くんだ」って訊いても「オスカーだけが知っている」。やつどこへ行くんだ、オスカー？

オスカー　（テーブルわきに坐り）おれが知るわけないだろ？　さあーてと、ゲームを始めようぜ、ええ？　さあ、チップを持ってこいよ。

マレー　何か喰うものないかい？　腹ぺこなんだ。むむ……スパゲッティの匂いだな。

（キッチンに入っていく）

ヴィニー　やつは今晩やらないのかい？　（椅子を二つ持ってきてテーブルの前に置く）

オスカー　その話はなし。名前を聞くのさえいやだ。

ヴィニー　誰？　フィリックス？

オスカー　それを言うなと言ったろっ。

ヴィニー　どの名前のことを言ってるのかわからなかったんだ。（テーブルの上を片づけて、本棚にあったフィリックスの夕飯の残りをのせる）

マレー　（キッチンから出てきて）おい、台所じゅうスパゲッティだらけなの知ってるかい？
オスカー　ああ、スパゲッティじゃない、リングイネだ。
マレー　へぇ。スパゲッティだと思った。（キッチンに戻る）
ヴィニー　（ポーカーの道具を本棚の上から取りテーブルの上にのせて）どうして、名前を言っちゃいけないんだい？
オスカー　誰？
ヴィニー　フィリックスさ。どうしたんだ？　何かあったのか？

スピードとロイが開いたドアから入ってくる。

スピード　いよう——フィリックスのやつどうしたんだ？

スピードはジャケットをテーブルわきの椅子にかける。ロイはアームチェアに坐る。マレーはキッチンから六本パックのビール、プレッツェルやポテトチップの袋を持って出てくる。みなオスカーの返答を待って見つめている。

長い間があって、オスカー立ち上がる。

オスカー　別れたんだ！　おれがあいつを追い出した。おれがそう決め、家から追い出した。それならいいか？……そう認めるよ、頭に置いとけ。

ヴィニー　何を置いとくんだ？

オスカー　知るかっ。フィリックスが置いたんだ！　やつに訊けよ。（下手に動く）

マレー　めちゃめちゃになるぞ、やつのことだ。きっと何か馬鹿なことをしでかす。

オスカー　（みんなに向かって）なぜおれがこんなことをしたと思う？　（マレー、さあねっ、といったジェスチャーをしてカウチに近より、ビールや袋を置く。オスカー、マレーに近よって）おれがわがまま勝手だからか？　ただただ冷酷だったからか？　おれはおまえのためにしたんだぜ……いや、みんなのためにしたんだ。

ロイ　何言ってるんだ？

オスカー　（ロイに近づいて）よし、いいか、おれたちはナプキンも灰皿も、ベーコン・レタス・トマト・サンドのことも覚えてるだろ、だが、あんなのは序の口だった、ほーんの序の口だった。来週のポーカーには何を用意してたと思う？　新趣向だ、ええ？　何だと思う？

ヴィニー　何だ？
オスカー　ルアウだよ！　ハワイ式バーベキューだ！　あばら肉、ローストポークに焼飯……ホノルルでだってそんなポーカーはやりゃしない。
マレー　それとこれとは別じゃないか。そりゃやつがどうしようもないやつだってことはわかってるが、何てったってみんなの友だちだぞ。街をさまよってるとなりゃ、やっぱり心配だよ。
オスカー　（マレーに近よって）じゃおれは心配してないってのか？　ええ？　気がかりじゃないっていうのか？　大体あいつを初めに追い出したのは誰だと思うんだ？
マレー　フランシスさ！
オスカー　ええっ？
マレー　フランシスが最初、二番目がおまえさ。誰にせよ次にやつと住むやつが三番目だ。わからないのか？　原因はフィリックス自身さ、やつは自分でそうしちまうんだ。
オスカー　どうして？
マレー　さあね。やつだってわからんだろ。世の中にはああいう人間がいるものさ。アフリカには自分の頭を日がな一日叩いて暮らす人種もいるんだ。（と大げさな身ぶ

りでまとめあげる）

オスカー　（ゆっくりと、また新たに怒りがこみ上げてきて）心配なんかするか。する必要がどこにある。やつがおれの心配なんかしているか？　どうせどっかで、すねたり泣いたりして愉しくやってるんだ……もしやつに人間らしさがほんの少しでも残っているならおれたちに構わず、ブランチの元に帰るさ。（テーブルのところに坐って）

ヴィニー　どうして？

オスカー　（カードの束を取って）女房じゃないか。

ヴィニー　おい、ブランチはおまえの女房。やつの女房はフランシス。

オスカー　（彼をにらんで）何だまた、おまえは。えらそうに。

ヴィニー　おれ、何か言ったか？

オスカー　（カードを空中に放り投げて）オーケー、ポーカーはおしまいだ。もうやりたくない。（下手に歩く）

スピード　誰もやってねえ。まだ始めてもいないぜ。

オスカー　（振り向いて）文句を並べることしかできないのか？　少しはフィリックスがどこにいるのか考えてみろ？

スピード　心配してんだ。

オスカー　（金切声で）心配なんかしていない、畜生めッ！　心配なんかしてるか。（ドアベルが鳴る。嬉しそうな微笑がオスカーの顔に浮かぶ）ああ、あいつだ、きっとあいつだ！（全員ドアに行きかける。オスカー、彼らを押しとどめる）入れちゃだめだ。この家には入れないことになってるんだ。

マレー　（ドアに行きながら）オスカー、子供じみた真似をするな。入れてやらなきゃいけないよ。

オスカー　（彼を止め、テーブルのところまで連れていき）おれたちが心配してたなんて満足感を与えたくないんだ。いいから坐れ。カードを配れ、何にもなかったみたいなふりをするんだ。

マレー　でも、オスカー……。

オスカー　坐れ、みんな……さあ……坐ってくれ、ポーカーをやろう。

全員坐り、スピードはカードを配りだす。

ヴィニー　（ドアに行きながら）オスカー。

オスカー　いいよ、ヴィニー、ドアを開けろ。

　ヴィニー、ドアを開ける。グウェンドリンが立っている。

ヴィニー　（驚いて）おや、こんにちは。（オスカーに）やつじゃないよ、オスカー。
グウェンドリン　はじめまして？　（部屋の中に入る）
オスカー　（彼女に歩みよって）おーや、いらっしゃい、セシリー、おいみんな、こちら、セシリー・ピジョンさん。
グウェンドリン　グウェンドリン・ピジョン。あらお立ちにならないで。（オスカーに）ちょっとお話があるんですけれど、マディソンさん。
オスカー　どうぞ、どうぞ、グウェン、どうしたの？
グウェンドリン　ご存知でしょうけど……わたし、フィリックスの荷物を取りにきたんです。

　オスカー、ショックと信じられない思いとの両方で彼女を見つめる。振り返り男たちを見、またグウェンドリンを見る。

オスカー　フィリックス……あのフィリックス？

グウェンドリン　ええ、フィリックス・アンガーですわ。あの優しい、傷ついた人、今わたしの部屋で妹に悩みを打ち明けていますわ。

オスカー　（男たちに振り向いて）聞いたか？　おれが死ぬほど心配してるのに、やつは階上《うえ》でお茶と同情にありついていやがる。

セシリーがしぶしぶのフィリックスを連れて飛びこんでくる。

セシリー　グウェン、フィリックスったら泊まるのいやだっていうのよ。あんたからも泊まれって言ってやってよ。

フィリックス　ほんとに、お二人とも、こまっちゃったな、ぼくはホテルにでも行けるし……（男たちに）よーッ、みんな。

グウェンドリン　（彼の反対を押しきって）ばかおっしゃい。言ったでしょう？　うちには部屋があまってるし、楽なソファもあるし、ねえ、セシリー？

セシリー　（一緒になって）すごーく楽よ。それに冷房は借りたし。

グウェンドリン　それに、あなたが住む所を求めて街じゅうをさまよってるなんて考えただけでもいや。
フィリックス　でもぼくはお邪魔だから。お邪魔でしょう？
グウェンドリン　邪魔なもんですか？
オスカー　タイプで打ったリストを見せましょうか？
グウェンドリン　（オスカーの方に振り向いて）もう充分おっしゃったんじゃありませんか？　マディソンさん？　（フィリックスに）いやとは言わせないわ。ほんの二、三日でいいから。
セシリー　あなたが本当に落ちつくまで。
グウェンドリン　ね、おねがい、うんと言って、フィリックス。
セシリー　ねえ、おねがい……いてくれると嬉しいんだけどなあ。
フィリックス　（考えて）そう……じゃあ、ほんの二、三日。
グウェンドリン　（飛び上がって喜び）ああ素晴らしい。
セシリー　（うっとりとして）嬉しいわー！
グウェンドリン　（ドアまで行き）荷物を取って上がってきてちょうだい。
セシリー　おなかのすいたままでね。すぐ夕食の仕度するから。

グウェンドリン　（男たちに）さよなら、ブリッジゲームの邪魔してごめんなさい。
セシリー　（フィリックスに）もしよかったら、お友だちを呼んでうちで遊んでいただけば。
グウェンドリン　（フィリックスに）おくれないでね。十五分以内にカクテルにするから。
フィリックス　大丈夫。
グウェンドリン　ポ、ポ！
セシリー　ポ、ポ！
フィリックス　ポ、ポ！

女たち、その場を去る。フィリックス振り返り、男たちを見て微笑みながらベッドルームに入っていく。五人の男はドアのところで度肝を抜かれて木偶《でく》のように突っ立っている。やっとマレーがドアへ歩いていく。

スピード　（他の男たちに）言ったろう。おとなしい野郎に限って女にゃ凄腕だって。
マレー　よーッ。いい女だな。（ドアを閉める）

フィリックス、ベッドルームからクリーニング屋のビニールに入ったスーツ二着を持って出てくる。

ロイ　おいフィリックス、おまえ、ほんとにあの女たちんとこへ移るのか？

フィリックス　（彼らに向き直り）ほんの二、三日ね。住む家を見つけるまでさ……じゃ、またな、みんな。またじゅうたんの上にごみを散らかしてもいいよ。（ドアに向かって歩きだす）

オスカー　おい、フィリックス。おれに感謝しないのか？

フィリックス　（踊り場で立ち止まり）何で？

オスカー　二ついいことしてやったじゃないか。ここに引き取り、放り出してやったろ。

フィリックス　（手すりにスーツをかけてオスカーのところに歩みより）そうだ。オスカー、ほんとにありがとう。どんな男でも二度も追い出されりゃ充分だ……感謝をこめて、あの呪いを取り消すよ。

オスカー　（微笑む）ああ、ありがとう、魔女どの。

二人握手する。電話鳴る。

フィリックス　ああ、彼女たちだ。
マレー　(電話に出て) もしもし……。
フィリックス　カクテルにおくれるとうるさいんだ。(男たちに向かって) じゃ、また。
マレー　奥さんからだよ。
フィリックス　(マレーに向かって) ええ？　そう、じゃたのまれてくれ、マレー。今は電話に出られないと言ってくれ。そして二、三日たったらこっちから電話するって。いろいろ話があるんだ。そして、もし彼女《あれ》がぼくらしくないというんなら、ぼくはもう、三週間前に追い出した男とはちがうんだと言ってくれ、そう言ってくれ、マレー、言ってくれ。
マレー　今度会ったらな。オスカーのカミさんだ。
フィリックス　ああ！
マレー　(電話に) ちょっと待って、ブランチ。

オスカー、電話口に行きカウチの肘かけに腰かける。

フィリックス　じゃまたな、みんな。（男たちと握手してスーツを持ってドアに行く）
オスカー　（電話に）もしもし？……いやー、ブランチ、なぜ電話してきたかわかってるよ。小切手受け取ったろ、ええ？……よしよし。（フィリックス、ドア口でこれを聞き立ち止まる。ゆっくり部屋に戻ってきて聞く、スーツを手すりにかけ、アームチェアの肘かけに腰おろす）そう、これで全部払ったわけだね……いやいや、競馬じゃないよ。ちょっと貯めたのさ……ほとんど家で食べるしね。（カウチからクッションを取りフィリックスに投げる）あのね、ブランチ、感謝しなくていいよ、当然のことなんだから……いや、それはどうもありがたいね……アパートか？　いいや、見たらびっくりしてひっくりかえるよ……見ちがえるほどきれいだよ……（フィリックス、オスカーにクッションを投げかえす）ねえ、ブランチ、ブルーシーはおれの送った金魚受け取ったかい？……うーん、じゃ、また電話するよ、ええ？……いつでも気が向いた時。あんまり出歩かないんだ近頃は。
フィリックス　（立ち上がり、手すりからスーツを取り、ドアに行く）じゃ、さようなら、マディソンさん。またぼくが必要になったら、一時間一ドル五十でいいよ。
オスカー　（電話で話しながらフィリックスに止まれというジェスチャー）じゃ、子供たちによろしく、おやすみブランチ。（電話を切ってフィリックスに向かい）フィリックス？……。

フィリックス　（開いたドアのところで）うーん？

オスカー　来週の金曜はどうだ？　ゲームから脱けるんじゃないだろ？

フィリックス　ぼくが？　絶対！　結婚はできたりこわれたり、でもゲームは、何が何でもやらねばならぬ。バイバイ、フランシス。（ドアを閉め退場）

オスカー　（彼の後ろを大声で）バイバイ、ブランチ。（男たち一瞬オスカーを見る）オーケー、さあ、ボーッと坐ってるのかポーカーをやるのか、どっちだ？

ロイ　ポーカーだ。

ガヤガヤ、ブツブツ、ビールを手渡したりカードを配ったりの音。

オスカー　（立ち上がり）さあ、ポーカーを始めよう。（男たちに鋭く）だがひと言、煙草に気をつけてくれ？　ここはおれの家だ、豚小屋じゃない。

アームチェアのそばのサイドテーブルから灰皿を取り、かがんで煙草の吸いがらを拾う。男たち、やっと落ちついてポーカー遊びを始める――。

――幕――

帰ってきた『おかしな二人』——訳者あとがきにかえて

ブロードウェイの喜劇王ニール・サイモンは、今年二〇〇六年七月四日に七十九歳の誕生日を迎えた。一九六一年の劇作家デビューから数えて約半世紀にわたり舞台に映画に数々のヒットを飛ばし、過去も現在もアメリカのエンターテインメント界の大黒柱であることは、議論の余地がない。

しかし、この十年くらいを振り返ると、彼の作品が必ずしもブロードウェイにかかるとは限らなくなった。九五年の『ロンドン・スイート』も二〇〇三年の『ローズのジレンマ』も、オフブロードウェイでの限定公演であった。ユニオン・スクエア劇場での『ロンドン・スイート』の際には、オフであること自体がニュース種になって、当時のマスコミはさわいだ。「ブロードウェイの王はどこへさすらうのか」

総合芸術である演劇が、コンピューターを多用したイリュージョン芸に傾いている現代では、誰であれ台詞を身上とする作家が大当たりをとるのは難しい。デビュー作『カム・ブロー・ユア・ホーン』が、頑固親父のカミナリや、明るい兄弟の駆け引きなどを売りにして六七六回もロングランできた頃が遥か遠い昔に思われる。

とはいえ、時流ばかりを恨むことはできないだろう。作家も進化し老成する。エネルギーに溢れた中年男女の葛藤を独特のユーモラスな応酬のなかに描くのが得意だった彼が、身内の死や自身の加齢にともない〝死別の痛み〟をテーマにすることが多くなったからだろうか。彼一流の鮮やかなギャグにも人々は慣れる。加えて、いくら書き直してヒットに持ち込む作家であるとはいえ、彼ほどの大家相手に書き直し上の忠告をするスタッフがいるものだろうか。

彼の自伝『書いては書き直し』とその続篇『第二幕』でも明らかなように、彼の作家人生は、笑いの製造マシンから人間共通の痛みを描く劇作家として自己を確立させる旅だった。人と関わっていく上で、誰にも覚えのある失敗や挫折。その機微をすくい上げて意表を衝くギャグで笑わせる。嘘のない、好ましいおかしみと人生の痛み。その絶妙な融合に客席が笑いに湧くとき、観客は共感のるつぼで癒される。笑いと共感を通した癒し。これこそがサイモン演劇の神髄であろう。その意義と功績が九一年の『ヨンカーズ物語』公演の際、それまでいくつも勝ち取ってきたトニー賞のほかにピュリッツァー賞受賞という栄誉で報われ、世間的にも認知されたのだった。

その後、自伝的作家である彼は、次々と愛する者との死別、再出発の難しさなどをテーマに主に家庭劇を書いてきた。最も新しいところでは二〇〇三年に『ローズのジレンマ』で、死後の世界を楽園視するような余裕をみせたけれど、死のテーマはコメディにはやはり重い。昔の彼を知る者としては、一抹の寂しさを感じていた。

そんな私のもとに、二〇〇五年八月、サイモンご本人から手紙が来た。私が「ぜひ日本に来て下さい」と誘ったからだが、それに対して「現在三本の新作を仕上げにかかっているから行けそうにない」とあった。八十歳が目前という高齢になって新作三本とは！　なんという凄いパワーだろうと嬉しかったが、続く手紙の一行に思わずワッと声が出た。「この秋『おかしな二人』がブロードウェイで再演されるが、すでに初日から六カ月分のチケットが完売している……」

やっぱり！　みんな思うことは同じだ！　みんなあの頃のサイモンがいちばん好きなのだ。そう呟いて久しぶりにこの『おかしな二人』を読み返してみた。そして、身体中が痺れるほど感動した。

なんておかしい！　なんて愉しい！　なんて力強くてスカッと快い芝居なのだろう！　こんないい芝居をどうしてずっと忘れていたのだろう！　というのが、私の正直な実感だったが、これは多分大勢のアメリカ人の実感だったに違いない。でなければ、二週間先の予定だって組みづらいだろうニューヨーカーが、六カ月先の芝居のチケットなど押さえようとするわけがない。おかえりなさい『おかしな二人』。待ちに待っていた芝居が帰ってきた！

はたして、十月二十七日の初日からおよそ六カ月後、見逃してはいけないとあせってニューヨークに飛んだ二〇〇六年四月初め、公演会場のブルックス・アトキンソン劇場前には多くの人が群がり、場内ロビーには「本公演を六月末まで続演いたします」との掲示が張り出されていた。開演時間が近づくにつれ、埋まっていく客席は餓えとも渇望ともいえそうな期待感でむんむんとしており、六〇年代から七〇年代にかけて、彼の作品がミュージカルも含めて三本同時にかかっていた黄金期を彷彿とさせた。

そして、開幕のベルが鳴り、さっと上がった緞帳の向こうからワッとばかりに煙が流れてきた。舞台にはちょっと間抜けな懐かしい野郎ども。一九六五年にウォルター・マッソーのオスカーとアート・カーニーのフィリックスで千回近い大当たりをした同作品が、四〇年後、やや小ぶりながら人気役者のネイサン・レインとマシュー・ブロデリックで見事によみがえっていた。携帯電話などない六〇年代の芝居だが、ジョー・マンテロの演出はアップデートしようなどとは思わず、カットこそあったものの、オリジナル版どおりの堂々の舞台だった。途中、十五分の休憩を入れても二時間十分というスピードは、サイモンの芝居は台詞すなわちアクションであるため、余分な間が一切ないのと、初演後にトニー・ランドールとジャック・クラグマン主演のテレビシリーズ（テレビ・タイトル《おかしなカップル》）が全国的に浸透したこと、さらにジャック・レモンをフィリックス役に配した映画版も当たったことなどから、長年にわたる観客の理解を前提にした演出だったからだろう。改めてこの作品がいかに広く知られ、古典のように愛されているかを認識した。

この『おかしな二人』誕生の背景は、彼の自伝『書いては書き直し』（早川書房刊、一九九七年）に詳しく語られているからぜひ読んでいただきたいが、左にかいつまんで紹介する。

ニールの兄でテレビ作家／プロデューサーのダニー・サイモンは離婚後、同じく離婚した演劇エージェントのロイ・ガーバーと慰謝料を浮かせようと同居生活を始めた。ところが、大雑把なロイと、料理上手で神経の細かいダニーはことごとくぶつかって決裂してしまった。ダニーからこの話を聞いたニール・サイモンはこの同居の持つ潜在的な喜劇要素に目をつけ、ダニーに一本書くように促した。ダニーは同意したものの、なかなか書けない。ニールはしびれを切らして、結局自分で書くことにした。

イメージは明確だった。真夏の蒸し暑いアパートの一室。そこで週一回のポーカーに興じる男たち。一幕はポーカーで幕が開き、二幕もポーカーで始まり、三幕もポーカーで幕が降りる。そこで繰り広げられる性質が両極端の男二人の結束と決裂。このおかしな中年男のいわば結婚生活は、その後世界中のどの結婚よりも息の長いものとなって人々の記憶にも演劇史にも残ることになる。

一九六五年三月十日、初日を迎えた『おかしな二人』に、劇評家は賛辞を競い合い、ダフ屋は切符二枚で何百ドルと賭けた。外国からの問い合わせ、引き合いが雨あられと降りかかり、公演は千回近い空前のヒットとなった。ニール・サイモンに喜劇王という呼び名がついたのも、この作品に寄せられた劇評の一つによるものである。

とはいえ、この成功作がすんなりと出来上がったわけではない。書き直しに精魂傾けるサイモンは、当時俳優から演出家に転じたマイク・ニコルズや、地方試演を見た劇評家のエリオット・ノートン等の提案に耳を傾け、現在この本でご紹介する定本にさだまった。

作品の内容自体は実に単純明快で、しかつめらしく解説するまでもない。でも、せっかくこうして文庫にして読者のみなさまと久しぶりにこの愛すべき男たちの人生を分かち合ったので、作品の魅力と人気の理由を、サイモンが折々のエッセイ、インタビュー、自伝などを通して語ってきた創作上の持論をからめて探ってみよう。

持論その一。芝居はまず登場人物から書き込むべし

幕開き、紫煙たちこめる部屋でポーカーに興じているのは、男四人。カードさばきが不器用で遅い警官マレー。それに苛立つスピード。帰宅時間を気にする恐妻家のヴィニー。オスカーの自堕落なライフスタイルに批判的な会計士のロイ。この四人のキャラクター や気分が初めの数分間で客の誰にもわかるように描かれている。その上、肝心の二人の強烈な個性も四人の会話に織り込まれている。

持論その二。幕開き十分後には新しい展開をみせるべし

遅刻してくる客がいても開始十分後くらいにはほぼ落着くからだ、という現実的な理由もあるが、芝居の進行から判断しても観客の集中力が新たな目標を求めだすのが開演後十分くらいだろう。この芝居では警官のマレーが妻からの電話でフィリックス失踪を知らされて色めき立つのが、その新しい展開だ。気楽で気ままなゲームの夜が、この情報とフィリックスの神経症的な人格をかけ合わせたことで、とたんに事件性を帯びた夜になる。マレーの職業意識がそれに輪をかけ、自殺の可能性を論じて一同のヤジ馬気分はいやが上にも盛り上がる。当のフィリックスが登場するころには、観客はもう芝居に

引き込まれているという寸法だ。

持論その三。**設定した芝居の基調はとことん守るべし**

短い台詞の応酬でスピーディーに飛ばす軽妙なコメディだと、観客に受け止め方を条件付けたら、それで最後まで突っ走れ。その諒解を裏切らない限り、客はどこまでもついてくる、と彼はいう。芝居半ばでにわかに意味ありげな観念芝居になってはいけないということだろう。

この作品でも、サイモン独特の台詞のボクシングともいえる啖呵の応酬は、最後の最後までたるみがなく、パワーがあって気持ちがいい。

ついでにいうなら、今年同時期にコート劇場でかかっていたもう一つの傑作『はだしで散歩』も若夫婦のバトルが芝居の核だけれど、愛し合う男女二人のもめごとより、タフな野郎二人のユニセックスなバトルのほうが見ている側は安心で、うっぷんを一緒に発散できるせいか客席の盛り上がりも『二人』の方に軍配が上がっていた。

持論その四。**喜劇を喜劇として扱うなかれ**

これは作家にも演出家にも大事なことだが、とりわけ演技者にとってはまずわきまえなければならないルールだ。オスカーもフィリックスも、自分こそが正しいのだと、自分の主張には命がかかっているかのように真剣でなければならない。初演の舞台写真にあるように、マッソーとカーニーの二人がテーブルを挟んでがっぷり四つになっている姿こそ、サイモンの劇作の神髄を視覚的に象徴するものだ。日本での公演は大半の劇団がこの部分の認識が甘く、口論する二人がお客サービスとばかりに体を斜めに開いているからがっかりする。コメディを意識するところから入らず、まずキャラクターに成り切って誠実に動きなさいということだろう。（編集部註：なお、初演舞台写真は http://en.wikipedia.org/wiki/The_Odd_Couple で見ることができます。）

「どんなに面白いジョークでも、それが芝居を先へと動かしていかなければ、ただの面白い台詞で終わってしまうことがわかった。観客の興味をひきつけるのは、何をおいてもストーリーの中で登場人物たちに何が起きるかなのだ……」（『書いては書き直し』より）とサイモンはギャグにとらわれがちな自分を戒めた上で『おかしな二人』の勝因を「登場人物たちとストーリー展開だった」と振り返っている。

生きていくうえで人恋しいのに、自分のエゴが出る。二人の暮らしが愉しいはずなのに、最後は一人がやっぱりいい。そんな人間の抱えた矛盾や弱みは誰にも共通のものだ。そんな人間らしい、嘘のない好人物たちが、感情の闘技場でウィッティな台詞を武器に戦い合う。この作品を含め現在まで約三十本のストレートプレイを発表しているが、登場人物が何人に増えても、サイモンの基本はいつだって言葉の格闘技を真剣に戦い、新たな地に降り立って和解する二人なのである。そんな意味でも、この『おかしな二人』は、サイモン演劇のプロトタイプ的作品といえよう。そのエッセンスが三本のホテル・スイート作品（『プラザ・スイート』『カリフォルニア・スイート』『ロンドン・スイート』）、自伝的BB三部作（『思い出のブライトン・ビーチ』『ビロクシー・ブルース』『ブロードウェイ・バウンド』）と『ヨンカーズ物語』、そして日本でも人気の『ジンジャーブレッド・レディ』『第二章』『映画に出たい！』『噂』とりわけ『おかしな二人』のシニア版のような七二年『サンシャイン・ボーイズ』ほか多くの作品に引き継がれているのである。

今回、文庫の発刊にあたって、三十年近く前に訳した拙訳を見直す機会を与えていただき、とても有難かった。ブロードウェイの英語版二時間十分と同じ短さには縮められなかったかもしれないが、精一杯短く切り上げるように努めた。今の若い人にはわからないと編集部に注意された言葉はそれなりに改めた。この作品を世界遺産ならぬ演劇遺産として尊重し、細やかに助言を下さった鹿児島有里さまと校閲部の関佳彦さまに、心からお礼を申し上げます。

ありがとうございました。

本書を通して少しでもニール・サイモンに興味を抱いた方は、どうぞぜひ彼の自伝をお読みください。そして、この演劇文庫のあとに続く『サンシャイン・ボーイズ』も楽しみにしていてください。

二〇〇六年九月

「おかしな二人」

初演記録

上演タイトル「おかしなカップル」
一九六八年四月 新演劇人クラブ・マールイ（新宿紀伊國屋ホール）
演出＝リチャード・ヴァイア＆酒井洋子　出演＝金子信雄、フランキー堺ほか

The Odd Couple by Neil Simon
directed by Mike Nichols, with set designed by Oliver Smith, was presented by Saint Subber at the Plymouth Theatre, N.Y.C., on March 10,1965.
Walter Matthau as Oscar Madison, Art Carney as Felix Ungar

本書収録作品の無断上演を禁じます。上演ご希望の場合は、「劇団名」「劇団プロフィール」「プロであるかアマチュアであるか」「公演日時と回数」「劇場キャパシティ」「有料か無料か」を明記のうえ、〈早川書房ハヤカワ演劇文庫編集部〉宛てお問い合わせください。

本書は一九八四年十月に早川書房より刊行しました『ニール・サイモン戯曲集I』所収の「おかしな二人」を文庫化したものです。

ニール・サイモンII

サンシャイン・ボーイズ

The Sunshine Boys

酒井洋子訳・解説

人気コメディアンだったウィリーも今はわびしい一人暮らし。マネージャーの甥が珍しく仕事をつかんできた。だがそれは往年の名コンビぶりを見せるもの。あの憎たらしい相方アルとの共演が必須条件。渋々稽古に入るが、目は合わせない、言葉じりをとらえ対立する、二人の意地の張り合いはエスカレート。人生の黄昏時を迎えた男たちの姿を、ユーモアと哀感をこめて描く。

訳者略歴　英米文学翻訳家・演出家
訳書『幽霊船から来た少年』ジェイクス，『書いては書き直し』『第二幕』サイモン，『リビング・ヒストリー』クリントン，『アクターズ・スタジオ・インタビュー』リプトン（以上早川書房刊）他多数

ニール・サイモン
I
おかしな二人《ふたり》

〈演劇 2〉

二〇〇六年九月三十日　発行
二〇一九年三月十五日　四刷
（定価はカバーに表示してあります）

著者　ニール・サイモン
訳者　酒《さか》井《い》洋《よう》子《こ》
発行者　早川浩
発行所　株式会社 早川書房
郵便番号　一〇一 - 〇〇四六
東京都千代田区神田多町二ノ二
電話　〇三 - 三二五二 - 三一一一（大代表）
振替　〇〇一六〇 - 三 - 四七七九九
http://www.hayakawa-online.co.jp
乱丁・落丁本は小社制作部宛お送り下さい。
送料小社負担にてお取りかえいたします。

印刷・中央精版印刷株式会社　製本・株式会社フォーネット社
Printed and bound in Japan
ISBN978-4-15-140002-5 C0197

本書は活字が大きく読みやすい〈トールサイズ〉です。